Vorwort zum Roman

Zunächst einmal möchte ich mich bei einigen sehr wichtigen Menschen bedanken. Ohne sie hätte ich es nicht gewagt, mit diesem Buch anzufangen.

In vielen schwierigen Situationen meines Lebens habe und werde ich immer an den Satz meines Bruders denken: „Du bist wirklich etwas ganz besonderes, vergiss das niemals." Ich danke Dir Rainer.

Meinem Mann möchte ich für seinen Glauben an mich und seine unendliche Geduld mit mir danken. Ebenso wie für seine unermüdliche Unterstützung und Liebe. Ohne ihn hätte ich sicherlich die Arbeit an diesem Roman aufgeben. Er musste viele Tränen trocknen. Er hat einige Male die Geschichte einfach wieder aus dem Papierkorb geholt, wenn ich aufgeben wollte. Er hat auch alle meine Kämpfe mit dem Computer für mich gewonnen. Ich danke Dir Liebling.

Und natürlich Marian Arndt. Ohne ihn gäbe es dieses Buch nicht. Er hat zu Beginn alle Kapitel auf meine Homepage gestellt. Diese tolle Seite hat er übrigens auch entworfen. Marian hat das wunderschöne Cover für dieses Buch entworfen. Ich danke Dir Marian.

Danke schön an alle die Menschen, die mir ihre Geschichten erzählt haben. Ohne sie hätte ich meinen Roman nicht schreiben können. Aber ich habe in deren Sinn gehandelt und alle Namen und Orte entweder abgekürzt oder geändert. Ich danke Ihnen und Euch allen.

Danke an Gaby (die ich aus unerfindlichen Gründen immer Conny nenne). Sie hat diesen Roman als erstes gelesen und mir mit ihrem Feedback sehr geholfen. Danke Gaby, besonders für den Satz: „In diesem Roman kann sich jeder wiederfinden". Er hat mir genau zum richtigen Zeitpunkt Mut gemacht. Ich danke Ihnen Gaby.

Am Schluss möchte ich mich bei all denen bedanken, die mein Buch kaufen und lesen. Ich freue mich auf ein Feedback. Bitte schreiben Sie mir, wie es Ihnen gefallen hat. Ein Gästebuch finden Sie auf meiner Homepage www.ulrikeswelt.de. Ich danke Ihnen allen. „From the bottom of my heart" würde der Mann meiner Hauptfigur, der Wolkenfängerin, sagen.

Ihre Ulrike Kröber

Für Rainer

Die Wolkenfängerin
- ein Roman von Ulrike Kröber

Ich möchte Ihnen eine Geschichte erzählen. Eine Geschichte über eine Frau, der ich begegnete. Eines Tages stand sie vor unserer Tür mit einem Ausweis in der Hand. Ich dachte damals: Die will Dir was verkaufen. Sie muss meine kritischen Gedanken gelesen haben, denn sie lachte mich mit diesen unglaublichen Augen an und sagte: „Ich hieß mal so wie Sie und bin auf der Suche nach meinen Vorfahren. Vielleicht können Sie mir helfen?" In der Woche hatte ich überhaupt keine Zeit. Mein Sohn brauchte eine neue Brille. Ich musste unbedingt zum Zahnarzt und meine Frau wollte unbedingt mal wieder essen gehen. Seit Wochen lag sie mir in den Ohren mit dem Satz „Ich habe keine Lust immer zu kochen." Also ich hatte überhaupt gar keine Zeit, aber natürlich war ich neugierig. All diese Überlegungen gingen mir durch den Kopf und sie lächelte immer noch. Mein Herz wurde weich und ich verabredete mich mit ihr in der kleinen Kneipe an der Ecke: Mittwochabend 20.00 Uhr. So fing alles an.

Eigentlich beobachtete ich sie den ganzen Abend. Ich weiß nicht, was es war. Aber ich musste sie immer wieder ansehen. Waren es die Dinge, die sie sprach oder ihre blauen Augen? Wenn ich in diese Augen sah, fühlte ich, wie ich hinein tauchen konnte wie in ein blaues Meer. Vielleicht beschäftigte mich der Gedanke, was ich auf dem Grund dieses Meeres finden würde? Oder war es einfach nur diese tiefe Traurigkeit die ich sah. Was ich nicht wusste ist, dass ich nie wieder unbedarft in ein Meer, einen See oder in irgendein blaues Wasser tauchen würde. Die Angst vor der Tiefe und was ich dort erblicken würde, sollte mich nach dieser Nacht nie mehr verlassen.

Es ist fünf Uhr morgens. Draußen ist es stockdunkel. Der Kneipenwirt schläft schon seit ungefähr drei Stunden. Seit einer Stunde hat die Frau nichts mehr gesagt. Sie hat einfach aufgehört zu erzählen und ich sehe in ein leeres Wodkaglas. Es ist zu früh um weiter zu trinken. Ich küsse die Frau, mit der ich vielleicht verwandt bin, auf die Stirn. Sie senkt ihren Blick und flüstert leise „Ciao". Ich weiß nicht, ob ich sie wiedersehen werde.

Sie hat viel erzählt in dieser Nacht und als sie von der Herz-Wolke sprach, die sie nur einmal sah, nannte ich sie in Gedanken nur noch die Wolkenfängerin.

Ihre Geschichte hat mich so bewegt, dass ich sie Ihnen erzählen möchte.

Ich traf erst kurz nach acht in der kleinen Kneipe ein. Unpünktlichkeit ist mir zuwider. Aber eine Diskussion mit meiner Frau ließ mich verspätet eintreffen. Erst wollte sie wissen, wie diese Frau denn aussehe. (Wir sind jetzt schon fünfundzwanzig Jahre verheiratet und ich habe meine Frau noch nie betrogen.) Dann fragt sie, ob die Frau geschminkt gewesen sei. Was weiß denn ich? Männer sehen nicht (obwohl unsere Frauen das immer glauben) auf Make up. Höchstens sehen wir schöne Haare. „Aha" sagt meine Frau „sie hatte also schöne Haare". Wenn meine Frau das sagt, klingt das so, als wenn ich sie jedes Mal verlasse, sobald mir eine Frau mit schönen Haaren auf der Straße entgegen kommt. Bitte verstehen Sie mich richtig: Ich liebe meine Frau. Sie ist wundervoll, aber manchmal…

Aber nur manchmal möchte ich sie auf den Stern zurück schicken von dem sie kommt. Na ja, nur für eine kleine Weile, zumindest solange wie diese Art von Diskussionen dauern.

Meine Frau beruhigte sich erst, als ich ihr erzählte, die Frau sei doch sehr klein gewesen. Sie weiß, dass ich mit meinen ein Meter neunzig Frauen über hundertsiebzig Zentimeter bevorzuge. Aber ganz den Atem verloren hatte sie noch nicht. Es folgte die Frage: „Du liebst mich doch?" Ich dachte, warum sonst würde ich mir das antun. Artig sprach ich die Zauberworte, die bei meiner Frau wirken, wie bei kleinen Kindern ein Stückchen Schokolade. Jetzt folgen die Worte „Arm nehmen". Sie sagt das so süß wie ein kleines Mädchen, das acht Jahre alt ist. Ich habe mich so an diese Worte gewöhnt und obwohl ich diese Geste verabscheue, tue ich es immer wieder. Danach geht es ihr besser und ich kann durchatmen.

Diese Diskussion ist also beendet. „Du siehst schön aus" sagt sie. Wenn ich darauf nicht sofort antworte: „Du auch", bricht sie in Tränen aus und sagt: „Du findest mich alt, fett und hässlich". Meine Frau ist vierundvierzig Jahre alt. ihre Kleidergröße variiert. Im Moment hungert sie sich mal wieder von Größe zweiundvierzig auf Größe vierzig. Durch ihr Wesen ist sie sehr attraktiv. Wer könnte sie also alt, fett und hässlich finden? Jetzt setze ich also meine Geheimwaffe ein. Ich küsse sie sanft auf den Mund und sage schnell " Du auch". Sie lächelt und bringt mich zur Tür. Ihre Oma soll einmal gesagt haben: "Gott helfe dem Mann, der dieses Kind heiratet". Zu diesem Zeitpunkt war meine Frau fünfzehn Jahre alt. Ich liebe meine Frau, sie ist etwas ganz besonderes.

Wie gesagt, ich liebe meine Frau, aber ich komme mal wieder zu spät.

Ich sehe die Frau sofort. Sie fällt auf in der kleinen Kneipe. Nein das ist nicht richtig. Es umgibt sie etwas, dass überall auffallen würde. Sie sitzt sehr gerade auf einem Stuhl. Ein Weinglas steht vor ihr und sie sieht dieses kitschige Hirschbild an. Aber ich glaube, sie sieht durch es hindurch. Sie scheint weit weg zu sein. Ihre Augen blicken traurig, aber um ihren Mund tanzt ein Lächeln. „Hallo" sage ich etwas dümmlich. „Leider bin ich etwas zu spät. Meine Frau wollte unbedingt noch etwas besprechen" füge ich noch dümmlicher hinzu. „Ach du meine Güte, hoffentlich trifft mich keine Schuld" sagt sie und blickt mich ganz entsetzt an. Aber sie entspannt sich, als ich ihr versichere, dass sie ganz bestimmt nicht der Grund ist. Natürlich ist dies eine Notlüge. Aber wie Oma schon flehte, Gott helfe diesem Mann. Später werde ich ihr von meiner Frau erzählen.

Nachdem ich sie etwas dümmlich angesprochen habe, sehe ich sie jetzt noch etwas dümmlicher an. Ich warte, dass sie anfängt. Sie trinkt einen Schluck Wein und bedankt sich, dass ich gekommen bin mit einem wunderbaren Lächeln. Ihre Augen werden umkränzt von winzigen Fältchen und in ihren Augen tanzt etwas, dass ich mich sehr persönlich angesprochen fühle, obwohl ich sie ja gar nicht kenne.

Sie stellt sich noch einmal vor und ich sehe in ihre unglaublichen Augen. Sie ist fünfundvierzig Jahre alt und verheiratet. Sie wohnt zwei Straßen weiter. Bei einem Spaziergang durch unser Dorf hat sie ein Straßenschild entdeckt mit dem Namen meines Vaters. Dieser Name ist auch ihr Mädchenname. Sie glaubt, dass das vielleicht kein Zufall ist. Sie sei so viel herum gekommen in ihrem Leben und lande nun in so einem kleinen Dorf und dann das. Frauen und Aberglauben denke ich und bestelle mir erst einmal einen Wodka. Sie nippt an ihrem Wein und ich an meinem Wodka. Dass ich nichts aber auch gar nichts von Aberglauben halte, verschweige ich.

Aber ich muss an meine Frau denken. Sie ist die Königin des Aberglaubens: Sie verlässt unser Haus nie, wenn es nicht aufgeräumt ist. Warum? Damit die Hausgeister nicht böse werden. Einmal habe ich sie gefragt, was denn die Hausgeister tun würden. Sie antwortete: „Du wirst schon sehen." Der direkte Kontakt mit unseren Hausgeistern blieb mir aber bisher erspart, dank meiner aufräumenden Frau.

„Ich weiß nicht warum, aber wenn mir etwas Schönes passiert, freue ich mich sehr. Passiert mir etwas Schlechtes berührt mich dies um ein vielfaches und ich denke viel darüber nach" sagt die Wolkenfängerin. Ich sehe wie sie jetzt nachdenkt. Ihre Stirn verwandelt sich in eine Landkarte. Lauter Linien, die ein wenig wie ein Stadtplan aussehen. Ich höre meine Frau, die jetzt sagen würde: „Du bist ja so gemein." Ich lasse die Wolkenfängerin nachdenken. Sie hebt den Blick und sieht mich an.

„Ich werde Ihnen alles erzählen und ehrlich, vielleicht zu ehrlich sein. Es könnte Parallelen in Ihrem Leben geben." Jetzt sieht sie in ihr Weinglas und sagt: „Es gibt viele Geschichten aus meiner Kindheit, aber diese eine glaube ich, hat mich sehr geprägt.

Ich war ein kleines Mädchen ungefähr sieben Jahre alt vielleicht war ich auch erst fünf Jahre. Mein großer Bruder war ein Jahr älter. Meine Eltern hatten ein kleines Haus gemietet mit einem riesigen Garten. Meine Mutter hatte Kartoffeln, Erdbeeren, Tomaten, Zwiebeln, Karotten und Bohnen angepflanzt. Dort im Garten haben wir unseren ersten Hund begraben. Er hieß King und hatte einen sehr ausgeprägten Charakter." Sie stockt und ich denke, was interessiert mich dieser Köter? Aber es ist ihre Art zu erzählen, die mich fasziniert. Heute genauso wie damals.

Wir bestellen noch einen Wein und noch einen Wodka. Sie zögert und ich bemerke wie nervös sie ist. Ihre Hände zittern ein wenig. Es kostet sie sehr viel Kraft weiter zu erzählen. Schließlich bin ich ein Fremder, der zufällig ihren Namen trägt: XYZ. Aber diesen Namen gibt es über siebentausend Mal in Deutschland. Es wäre schon ein Wunder wenn wir verwandt wären. Aber die Wolkenfängerin scheint an Wunder zu glauben. Ich nicht.

Warum ich dann hier bin? Ich glaube, dass jeder Mensch ein Mal im Leben eine wirklich wichtige Aufgabe hat. Und vom ersten Moment an, als ich die Wolkenfängerin sah, wusste ich meine wirklich wichtige Aufgabe hat mit ihr zu tun. Meine Frau sagt immer, dass ich für einen Mann sehr viel Einfühlungsvermögen habe. Für einen Mann? Was soll das heißen? Haben Männer keine Gefühle? Doch wir erzählen sie euch Frauen nur nicht immer. Aus einem Grund, liebe Damen, sie würden sie diskutieren wollen. Stimmt das? Nein, pardon, das war eine rhetorische Frage.

Sie fährt fort: „Vielleicht sollte ich Ihnen diese Geschichte nicht erzählen. Aber mir ist sehr wichtig, dass Sie mich wirklich kennen lernen nicht die Fassade sondern wie ich wirklich bin und warum ich heute so bin wie ich bin." Während ich noch überlege, ob ich das wirklich will, erzählt sie weiter. „Also es war ein Haus ohne Heizung. Fließendes Wasser gab es nur in einer winzigen Küche aus einem Wasserhahn. Wir hatten keine Dusche oder Badewanne. Einmal es war im Winter genauer gesagt Weihnachten: Heiligabend. Ich war sieben Jahre alt vielleicht auch erst fünf Jahre alt. Mein großer Bruder war ein Jahr älter. Es hatte sehr geschneit. Ich glaubte damals noch an das Christkind.

Wir durften lange Wunschzettel schreiben. Aber meistens verwechselte mich das Christkind mit einem anderen kleinen Mädchen und anstatt einer Puppe bekam ich etwas zum Anziehen. Meine Eltern hatten nicht viel Geld und darum waren die Sachen immer viel zu groß. Zum Reinwachsen hieß es. Ich war vielleicht kein hübsches Mädchen, aber ich wusste schon damals, was mir steht. Ich schwor mir, wenn ich einmal groß sein würde, niemals mehr zu große Sachen zu tragen. Und heute trage ich gerne die Hemden von meinem Mann. Die sind mir wirklich viel zu groß, " und sie lacht. Wenn sie lacht, strahlen ihre Augen, aber es klingt als ob rostige Nägeln aufeinander reiben.

Meine Frau trägt gerne Männeranzüge. Es sieht zwar so aus, als wenn sie zwei Mal hinein passen würde, aber das stört sie nicht. Sie findet jede Frau sollte einen Männeranzug besitzen, weil die so bequem sind und weil Marlene Dietrich fast verhaftet worden wäre im Jahre 1948, als sie im Anzug durch Paris bummelte. „Liebling, heute verhaftet Dich keiner mehr, selbst wenn Du Dir den Anzug nur mit Lippenstift aufmalst" sagte ich. Meine Frau strafte mich mit diesem „Ach Du hast ja keine Ahnung" Blick und schwieg eine ganze halbe Stunde. Sie denkt sie bestraft mich, wenn sie nicht mit mir spricht. (Liebling, wenn Du dieses Buch je lesen solltest, bitte lass den folgenden Satz aus. Lies ihn nicht!)

Sie denkt sie bestraft mich, wenn sie nicht mit mir spricht. In Wirklichkeit sind es herrliche Momente der Stille für mich. (Wenn Du diese Sätze doch liest: Ich liebe Dich, Du bist schlank. Ich nehme Dich in den Arm und küsse Dich. Wieder gut?)

Die Wolkenfängerin seufzt: „ Also es war Heiligabend. Unsere Wohnzimmertür ließ sich nicht mehr abschließen, also vernagelte mein Vater die Tür. Wir Kinder sollten das Christkind nicht bei der Arbeit stören. Die Mutter kochte und putzte unaufhörlich. Endlich war es soweit. Der Vater verkündete dass das Christkind da war. Der Weihnachtsbaum sah toll aus: Silberne Glocken und Lametta und echte weiße Kerzen. Der Ölofen zauberte eine wohlige Wärme. Mein Bruder und ich stürzen auf die Geschenke. Die Mutter hielt uns zurück. Erst sollten wir singen. Also sangen wir und freuten uns. Endlich war es soweit.

Ich war so enttäuscht. Ich hatte mir ein Indianerzelt gewünscht. Aber auch in diesem Jahr verwechselte mich das Christkind mit einem anderen kleinen Mädchen. Ich bekam einen karierten Rock und ein Spiel. Wie gesagt meine Eltern hatten nicht viel Geld. Wir konnten zum Bespiel sehr selten Wurst essen. Aufschnitt war sehr teuer. Dann gab es bei uns Brot mit Tomaten, Gurken und Zwiebeln. Darauf streuten wir Salz und Pfeffer und ich gab noch Maggie hinzu. Aus dieser Zeit resultiert meine Liebe zu diesem Gewürz.

Aber ich habe hier auch gelernt: Unter anderem kein Essen weg zu werfen. Es macht mich sehr traurig dicke Kinder zu sehen oder das Gegenteil hungernde Kinder mit hilflosen Augen, dünnen Ärmchen und dicken Bäuchen.

Mein Vater war Bäcker und meine Mutter Hausfrau. Meinen Vater musste das Christkind auch verwechselt haben, denn er wurde mürrisch. Das bedeutete für meinen Bruder und für mich, schnell in das Bett zu gehen. Wir hörten unsere Eltern streiten und ich glaube, dass ich weinte. Mein Bruder hatte Bauchschmerzen. Endlich schliefen wir ein. Morgen würde ein neuer Tag sein.

Am nächsten Tag stritten sie immer noch. Warum nur verwechselte uns das Christkind. Beim Mittagessen wurde es immer lauter. Mein Vater beschimpfte meine Mutter. Sie hatte Angst und schuppste meinen Bruder und mich aus dem Haus. Sie versteckte sich auf dem Dachboden. Es war der erste Weihnachtstag und es hatte geschneit. Ich war ein kleines Mädchen und mein Bruder war ein kleiner Junge. Wir wussten nicht wohin. Meine Mutter sagte immer „Das geht niemanden etwas an." Wir versteckten uns im verschneiten Sandkasten des Nachbarhauses. Ich weiß nicht wie lange wir in diesem Sandkasten waren. Uns war kalt, wir hatten Hunger. Wir hatten Angst und wir sahen, dass uns unsere Nachbarn im Sandkasten beobachteten. Dann zogen sie die Gardine zu. Irgendwann holte uns unsere Mutter zurück in das Haus.

Von da an hatte ich immer eine Tasche im Flur mit Schokolade, Pflaster, einem Spiel und es hing auch immer eine warme Jacke da. Ich nannte diese Tasche später Überlebenstasche.

Diese Geschichte habe ich lange verdrängt. Als ich Jahre später einen Psychiater aufsuchen musste, fiel sie mir wieder ein. Noch heute kann ich die Kälte und die Angst dieses Tages spüren." Sie sieht mich nicht an, als sie mich fragt, ob ich schockiert sei. Ich schweige, weil ich sie als kleines Mädchen vor mir sehe in einem Sandkasten mit ihrem kleinen Bruder aus Angst zitternd schweigend. Aus Minuten werden Stunden und niemand tut etwas für diese Kinder. Ich sehe in ihre Augen, diese unglaublichen Augen. Sie weint nicht, aber Tränen tanzen in ihren Augen. Ich nehme ihre Hand und küsse sie ohne ihre Hand zu berühren. Schon lächelt sie wieder und sagt dies sei der zweitschönste Handkuss ihres Lebens. Den schönsten bekam sie von ihrem Mann.

„Ich habe Ihnen diese Geschichte erzählt, damit sie verstehen wie ich bin. Manchmal ist es sehr schwer. Mein Mann hat einen Freund, der hat fast zehn Jahre nur „guten Tag" zu mir gesagt, weil er mich nicht verstanden hat. Ich habe bisher nur sehr wenigen Menschen meine wahre Geschichte erzählt. Meistens habe ich es bei der offiziellen Version be-lassen: Normale Kindheit, berufliche Laufbahn etc." Wir schweigen beide. Jeder von uns hängt seinen Gedanken nach.

Ich schließe meine Augen und sehe meinen Sohn vor mir. Wir haben auch einen Sandkasten im Garten. Mein Sohn ist in dem Alter, in dem die Wolkenfängerin damals gewesen sein muss. Mein Sohn heißt Alexander und ist sieben Jahre alt. Wir haben ihn Alexander genannt, weil der Urgroßvater meiner Frau so hieß.

Sie liebt diesen Namen. Sie sagt dieser Name drückt Kraft und Würde aus. Wenn man Namensdeutung betreibt, findet man heraus, dass Alexander - der Beschützer – bedeutet. Meine Frau hasst es, wenn andere ihn Alex rufen. Sie nennt ihn nur so, wenn sie böse mit ihm ist. Meine Frau und ich, wir halten beide nichts von Gewalt. Wenn meine Frau eine Spinne in unserem Haus findet, dann fängt sie sie und trägt sie in den Garten. Es gab eine Phase in der Alexander sehr trotzig war. Wirklich sehr trotzig. Meine Frau gab ihm eine Ohrfeige. Danach hat sie tagelang geweint und wir mussten sie trösten.   Alexander sagte zu ihr: „Mama, ich bin schuld, Du hast mir gar nicht wehgetan." Tagelang ging das so. Erst der Besuch bei einer namhaften Fastfood Kette löste diese Situation.

Aber wie würden unsere Nachbarn reagieren, wenn Alexander im verschneiten Sandkasten sitzen würde? Würde sein Lehrer reagieren, wenn er mit einem blauen Auge zur Schule kommen würde? Würden unsere Nachbarn fragen, warum es bei uns manchmal so laut ist? Würde unser Pfarrer sich einschalten? Oder würde er es bei einem Hausbesuch am Karfreitag belassen und nur kontrollieren, ob wir auch kein Fleisch essen? Niemand habe wirklich geholfen. Es gab nur ein befreundetes Ehepaar ihrer Eltern, das in schwierigen Situationen da war. Und eine Freundin, die weg zog, als sie dreizehn Jahre alt war. „Sonst hat niemand die Wahrheit gewusst oder sehen wollen", sagt die Wolkenfängerin und Tränen tanzen in ihren Augen. „ Es gab auch schöne Tage in meiner Kindheit aber darauf folgte die Hölle. Vielleicht ist das der Grund, warum ich viel mehr über Schlechtes nachdenke, als über Gutes, das mir passiert. Herbert Grönemeyer singt leise: „Und der Mensch bleibt Mensch, weil er vergisst, weil er verdrängt, weil er lacht. Du fehlst". Du fehlst mir Wolkenfängerin.

„Möchten Sie mir etwas über Ihre Kindheit erzählen" fragt die Wolkenfängerin. Ich denke nach und fange an: „Ich war ein kleiner Junge, als…" Sie horcht auf und blickt mich ganz entsetzt an. Ich muss lachen. Sofort lacht sie mit und es klingt wieder als ob rostige Nägel aufeinander reiben. „Oh Gott nein, ich hatte eine ganz normale Kindheit. Das schlimmste, was mir passiert ist, war eine versuchte Ohrfeige meiner Mutter. Ich war damals zehn Jahre alt vielleicht auch etwas älter. Irgendetwas hatte ich verbrochen, was weiß ich gar nicht mehr. Meine Mutter hatte sich maßlos aufgeregt und wie gesagt, sie versuchte mir eine Ohrfeige zu geben. Ich erwischte ihren Arm und hielt ihn fest. Es war eine ganz normale Abwehrreaktion. Meine Mutter hat es danach nie wieder versucht. Ich war ein lieber kleiner Junge. Es gibt ein Photo, da war ich vielleicht fünf Jahre alt. Ich halte einen Besen in der Hand und fege mein Zimmer aus. Meine Mutter hat mich früh zur Selbstständigkeit erzogen.

Die Ehe meiner Eltern war, soweit ich es beurteilen kann, gut. Mein Vater sagte immer:" Die kleinen Entscheidungen trifft meine Frau, große Entscheidungen treffe ich. Wir haben keine großen Entscheidungen." Er war ein sehr attraktiver Mann, sagt meine Frau. Leider hat meine Frau meinen Vater nie richtig kennen gelernt. Er ist viel zu früh gestorben. Einmal hatte er den Krebs besiegt. Aber zehn Jahre später konnte er den Kampf nicht mehr gewinnen. Ich mochte meinen Vater sehr. Ich weiß nicht, ob ich ihn vielleicht mehr geliebt habe als meine Mutter. Er war sehr zurückhaltend, ruhig und stets besonnen." „Sie scheinen Ihrem Vater sehr zu ähneln" sagt die Wolkenfängerin und schmunzelt mich an.

„Ich glaube, dass wir nicht nur äußerlich etwas von beiden Elternteilen haben. In der Familie meiner Frau gibt es Eigenschaften, die sich über Generationen vererbt haben. Unser kleiner Neffe wird extrem ungemütlich, wenn er Hunger hat. So war sein Vater auch. Wenn der Hunger hatte und nicht sofort etwas zu essen bekam, dann schimpfte er böse vor sich hin. Sein sonst immer lächelndes Gesicht verwandelte sich in das Gesicht eines Löwen auf Beutejagd. Er konnte das Wort Coca Cola aussprechen bevor er Mama sagen konnte." Wir lachen beide. Ich bestelle noch einen Wodka und einen Wein.

„Wenn ich so darüber nachdenke" sagt die Wolkenfängerin „wollen Sie wahrscheinlich gar nicht mit mir verwandt sein. Aber ich erwähne noch eine andere Geschichte über einen Bruder meiner Großmutter. Meine Großmutter hatte drei Brüder: Anton, Alfred und Albert. Albert war ein sehr glücklicher Mann, obwohl er sehr klein war. Er war verheiratet und hatte eine kleine Tochter. Die gesamte Familie meiner Großmutter war klein. Meine Großmutter hat meinen Großvater geheiratet. Der war einhundertfünfundachtzig Zentimeter groß. Ein Riese neben meiner Oma. Wahrscheinlich bin ich deshalb nicht so klein wie meine Cousinen."

Wenn sie wüsste, dass ich nicht mal meine eigene Familie auf die Reihe bekomme, würde sie mir vielleicht nicht so viel erzählen. Aber sie fährt schon fort. „ Meine Großmutter hat mir diese Geschichte erzählt. Damals war ich vielleicht fünfzehn Jahre alt.

Ich habe sie noch nie erwähnt, nicht einmal meinem Mann gegenüber. Aber ich vertraue Ihnen.

Also Albert, einer der Brüder meiner Großmutter, war ein glücklicher Mann, wie gesagt. Er war verheiratet und hatte eine kleine Tochter. Dann begann der zweite Weltkrieg und Albert musste an die Front. Er küsste seine Frau und seine kleine Tochter zum Abschied.

Zunächst verbrachte Albert eine schöne Zeit in Frankreich. Hier konnte er Schokolade und Kaffee besorgen. Zu der Zeit waren das absolute Luxusgüter in Deutschland. Für seine kleine Tochter kaufte er eine Puppe mit einem Porzellankopf. Die Puppe hatte Augen, die sich schlossen, wenn die kleine Anna die Puppe schlafen legte. Anna war ein liebes kleines Mädchen mit dunklen langen Locken. Albert liebte die kleine Anna und seine Frau Helene sehr. Anna war ihrer Mutter wie aus dem Gesicht geschnitten. Helene war eine wunderschöne Frau.

Albert, der bis zu seiner Einberufung Tischlermeister gewesen war und eine eigene Tischlerei besaß, verwöhnte Helene vom ersten Tag ihrer Begegnung. Er kaufte ihr Schmuck und überhäufte das Wohnzimmer mit Blumen. Helene trug nur die neuesten Kleider und auch nur eine Saison. Danach verstaute sie die Kleider auf dem Dachboden in Schachteln. Helene wurde immer hochmütiger und war sich ihrer Sache mit Albert sehr sicher.

Nun aber war Albert Soldat in einem zunächst fernen Krieg. Albert blieb drei Jahre in Frankreich. Er konnte in dieser Zeit Helene nur einige Male besuchen. Jedes Mal brachte er etwas mit: Teures Parfüm, Kaffee, Schokolade und eine dunkelbraune

Puppe für Anna. Helene wirkte schöner denn je und gab sich alle Mühe es so nett wie möglich für Albert zu machen. Schließlich konnte er immer nur ein paar Tage bleiben.

Jetzt kam auf einmal der ferne Krieg nach Deutschland. Helene konnte nicht mehr in den neuesten Kleidern durch die Stadt bummeln. Erst gab es Lebensmittelkarten und bald wurde das Essen knapp und knapper. Helene verzweifelte oft. Schließlich wollte sie gut für Anna sorgen. Von Albert hatte sie solange nichts gehört. Die ersten Bombenanschläge der Alliierten machten Helene fast wahnsinnig. Sie fühlte sich allein. Ihr Lebensinhalt: Schöne Kleider, ein Mann, der sie vergöttert, nichts war ihr geblieben. Anna versuchte ihre Mutter zu trösten. Sie war ein liebes kleines Mädchen. Einmal pflückte Anna Blumen für ihre Mutter und gab sie in eine Vase. Helene nahm die Vase und warf sie auf den Boden. Danach weinte sie hemmungslos. Für Anna war der Strauß viel schöner als ein gekaufter Blumenstrauß. Aber auch jetzt nahm Anna ihre Mutter in den Arm und küsste sie. Von Albert hörten die beiden kein Wort.

Albert war gefangen genommen worden. Er war nicht mehr in Frankreich sondern an der Ostfront. Sie brachten ihn in ein Lager in Sibirien. Aber Albert, der alles ertragen konnte, weil er nur an Helene und Anna dachte, überlebte und kehrte zurück.

Helene hatte nicht geglaubt, dass er zurückkommen würde. Der Krieg war vorbei. Deutschland von Siegermächten besetzt. Albert sah Helene an mit Augen, die im Krieg gesehen hatten, was sie niemals hätten sehen sollen. Aber auch die Veränderung an Helene spürte er sofort. Sie war immer noch schön. Dennoch zeigte auch ihr Gesicht Spuren des Vergangenen. Und noch etwas anderes: Helenes flacher Bauch war jetzt dick und kugelrund. In einer Nacht hatten dreizehn betrunkene Soldaten sie immer wieder vergewaltigt. Helene wollte ihre kleine Tochter beschützen und hatte alles ertragen. Sie hatte Anna im Kohlenkeller versteckt. Siegermächte, welche auch immer, machen Fehler im Siegesrausch.

Nun war Albert zurückgekommen und Helene dachte, jetzt wird alles gut. Albert fragte nichts, er sagte nichts. Er drehte sich einfach um und ging. Helene starrte an die Decke des Wohnzimmers. Albert kam zurück. Er erhob seine Hand und richtete eine Pistole auf Helene. Er sagte nichts aber er schoss. Er traf sie genau und Helene fiel tot zu Boden. Albert kam für zwanzig Jahre in das Gefängnis.

Ich weiß nicht wie meine Großmutter davon erfuhr. Schließlich war es eine Zeit in der Handys noch lange nicht erfunden und das Telefon Fernsprecher hieß. Aber auch eine Seltenheit war. Dennoch meine Großmutter holte die kleine Anna zu sich. Sie schmuggelte sie in einem Rucksack über die Grenze. Was denken Sie wenn Sie hören, dass es in meiner Familie sogar einen Mörder gibt?" haucht die Wolkenfängerin unter lautlosen Tränen.

Bevor ich antworte, überlege ich und sehe sie an. Meine Frau sagt, dass sie niemanden kennt, der so böse gucken kann wie ich. Gut, dass mir das gerade jetzt einfällt und ich lächle die Wolkenfängerin an. Sie beruhigt sich ein wenig und lächelt zurück. Was denke ich? Ich sage, was ich denke. „Das war eine schwierige Zeit und eine große Liebe. Wer bin ich, dass ich über Helene und Albert urteilen könnte. In erster Linie geht es um eine große Liebe und ein schreckliches Ende." Wir schweigen beide.

Ein verstohlener Blick auf die Uhr verrät mir die Zeit. Es ist 21.30 Uhr. Ich denke an meine Frau. Sie hat bestimmt schon ihr Lieblingsessen hinuntergeschlungen. Wenn ich nicht auf sie aufpasse, würde sie es jeden Tag essen. Sie nennt es „Thunfischtoast ohne Toast". Wegen der Figur ist sie es eben ohne Toast. Ist ja irgendwie logisch oder? Natürlich der fette Käse zum Überbacken, der zählt ja nicht. „Das ist gesunde Nervennahrung" sagt meine Frau. Da sage doch noch einer, Frauen seien nicht logisch. Alexander schläft hoffentlich schon.

Normalerweise sollte er spätestens um halb acht im Bett liegen. Aber dann lesen wir ihm noch etwas vor oder erzählen ihm eine Geschichte. Im Moment liebt er die Geschichten der „Burg Schreckenstein". Die habe ich in meiner Jugend verschlungen und mein Sohn ist genauso verrückt danach.

Die Wolkenfängerin sieht meinen Blick und flüstert entschuldigend: „Es tut mir so leid, dass ich sie so beanspruche und belästige, aber ich suche schon solange nach Antworten. Würden Sie mir bitte helfen"? Sie betont das „Sie" als sei ich ihre letzte Rettung. Ihr Blick ist flehend, ihre Stimme zittert. Ich sehe in ihre Augen, diese unglaublichen Augen und zum ersten Mal sehe ich einen kleinen Teil der verborgenen Tiefe in diesen Augen.

Meine Frau ist sowieso böse auf mich und das schon seit einer halben Stunde. Sie erwartete mich um 21.00 Uhr zu Hause. „Länger als eine Stunde wird das doch wohl nicht dauern" hatte sie fragend gesagt. Diese Frage hatte ich allerdings nicht beantwortet, sondern ihr nur einen Kuss auf ihre Nasenspitze gegeben.

Als meine Frau und ich schon eine ganze Weile zusammen waren, hatten wir mal einen sehr unschönen Streit. Da ist sie mir doch tatsächlich auf die Straße gefolgt. Ich wollte einer Diskussion entgehen und hatte beschlossen eine Runde in meinem Golf um den Block zu fahren. Ich saß noch nicht im Auto, da kam sie hinterher geschossen im Bademantel. Nein, wirklich im Bademantel. Ich sehe sie vor mir: Meine kleine Furie und lächele dümmlich vor mich hin. Die Wolkenfängerin sieht mich irritiert an.

„Verzeihen Sie mir, natürlich helfe ich Ihnen, wenn ich kann. Ich habe soeben an eine schwierige Situation gedacht" kann ich gerade noch erklären.

Ich möchte die Wolkenfängerin und mich auf andere Gedanken bringen. „Wissen Sie eigentlich, dass wir hier in einer besonderen Kneipe sitzen? Sie hat wahrscheinlich die kleinste Theke Deutschlands. Früher könnte es ein Hirtenhaus gewesen sein, aber vor über einhundertundfünfzig Jahren hat es die Familie des heutigen Besitzers übernommen. Die Familie besitzt sogar ein eigenes Wappen". Ich sehe, wie sich ihre Gesichtszüge entspannen.

„Woher kommt denn eigentlich ihre Familie frage ich sie jetzt. „Oh das ist etwas komplizierter. Ein Teil kommt und lebt noch im Wendland. Ein anderer Teil kommt aus Sachsen und Thüringen". Während ich noch überlege, wo und wie die alle irgendwie aufeinander getroffen sein müssen, fährt sie schon fort.

„Ich habe einiges heraus gefunden. Aber es war sehr schwierig. Mein Vater erinnert sich nicht. Genauer gesagt hat er gemeint, dass man vielleicht etwas findet, was man nicht gesucht hat.

Ich will aber trotzdem suchen und finden. Irgendwann habe ich den Meisterbrief meines Großvaters gesehen. Wissen Sie, er war Bäcker. Darum musste auch mein Bruder Bäcker werden, aber das ist eine andere Geschichte. Also ich sah das Geburtsdatum 17.01.1893 und die Stadt D. Kreis C. Zunächst habe ich die Stadt D. kontaktiert. Ein sehr netter Beamter half mir weiter. Aber mein Großvater tauchte in den dortigen Registern nicht auf. Mysteriös.

Mein Mann meinte, dass ich sowieso nichts heraus finden würde. Ich weiß nicht, ob er das macht um mich zu motivieren. Aber manchmal sage ich zu ihm, dass ich mich im Alter von fünf Jahren erschossen hätte, wenn ich so wäre wie er. Er ist ein wenig so wie Sie. Er ist fast immer sehr ruhig und lächelt dann auch nur.

Aber weiter. Ich habe die Bäckerinnung kontaktiert. Nach dem zweiten Weltkrieg wurden aber alle Akten dort vernichtet. Die meisten der Bäcker waren in der NSDAP und hatten Angst die amerikanischen Besatzer würden sie allesamt als Nazis abstempeln. Aber die Bäckerinnung brachte mich auf die Idee doch mal ältere Bäcker anzurufen, die meinen Großvater kannten. Doch bei den anderen Bäckern erntete ich nur Misstrauen und Unfreundlichkeit.

Was ich von meiner Großmutter noch wusste ist, dass mein Großvater im Kirchenvorstand war. Ich glaube nicht, dass mein Großvater ein Nazi war, aber laut Innung musste jeder Bäcker, der als Bäckermeister arbeiten wollte, in der Partei sein. Also mein Großvater NSDAP ler und Kirchenvorstand. Mein erster Erfolg war die Kirche. Der Pfarrer fand das Sterbedatum meines Großvaters heraus.

Dann hat lange Zeit wieder nichts geklappt. Keine Antwort von niemandem. Als ich mal wieder Zeit hatte, habe ich mir gedacht, frag doch mal in C. nach. Siehe da, es kam eine Antwort. Meine Urgroßeltern haben dort gelebt. Mein Großvater und seine Geschwister sind dort geboren.

Als mein Großvater fünf Jahre alt war, zog die Familie nach H. Auch aus H. kam dann später eine Antwort. Sogar wo die Familie gewohnt hat, weiß ich und das hier noch eine Tochter geboren wurde. Auguste, Wilhelmine, Friederike. Hier ist auch der Beruf meines Urgroßvaters eingetragen: Stereotypeur. Ich habe sogar den Verlag gefunden, wo mein Urgroßvater gearbeitet hat. Leider gibt es keine Unterlagen mehr. Aber den Verlag gibt es noch."

Auf meine Frage, was denn ein Stereotypeur ist, erzählt sie mir, dass dieser Beruf bis cirka 1970 existiert habe. Er habe was damit zu tun wie früher Zeitungen hergestellt wurden. Die Buchstaben wurden mit einem bestimmten Verfahren auf das Papier gebracht.

Sie fährt fort und sagt, dass sie niemanden in ihrer Familie kennt, der Geschichten erzählt oder schreibt. Vielleicht hat ihr Urgroßvater den starken Wunsch gehabt einmal nicht nur zu drucken sondern selbst zu schreiben. Und dieser Wunsch wurde über

Generationen vererbt. Wenn sie das meiner Frau erzählen würde, die würde das sofort glauben.

Ich halte mich da eher an ihren skeptischen Mann: „Schatz, Du musst tun, was Du tun musst und wenn Du daran glaubst, dann ist es gut. Sei nur vorsichtig, wem Du das erzählst. Du könntest sonst enttäuscht werden." Das also hat der Mann der Wolkenfängerin gesagt. Sie lächelt und flüstert: „ Mein Mann und Sie, sie würden sich sehr gut verstehen." Kann sie Gedanken lesen?

„Interessieren Sie sich für Literatur?" würde sie doch jetzt nicht fragen, wenn sie Gedanken lesen könnte? Eigentlich lese ich sehr wenig. Mich interessieren Photos und kurze gute Geschichten dazu. Früher habe ich den Playboy gelesen. Heute bin ich verheiratet.

Jetzt lese ich für oder mit meinem Sohn. Aber auch ich habe schon einmal ein ganzes Buch gelesen. Es war in einem Urlaub, als meine Frau und ich alleine verreist sind. So einen Roman über Frauen und Männer. Er war ziemlich lustig. Wenn ich nicht gerade mal Wasserskifahren oder Squashspielen war, lag ich auf meiner Liege und habe gelesen. Manchmal musste ich laut loslachen. Wenn mich dann die „anderen Liegen" seltsam betrachteten, zeigte ich auf das Buchcover und den Titel. Einige, die es gelesen haben, wollten mich in ein Gespräch verwickeln. Sie wollten mir sogar das Ende erzählen. Mit meinem besten bösen „Lasst mich doch in Ruhe Blick" konnte ich die meisten abwimmeln.

Aber ich kann mit meiner Frau punkten: Die liest. Und sie liest alles. Manchmal kommt es mir vor, als wenn sie die Bücher isst. Sie liest mit einer Leidenschaft, als würde sie höchst persönlich in diesen Geschichten vorkommen. Wirklich meine Frau ist sehr kreativ.

Und sie hat sehr viel Phantasie, aber sie ist auch sehr mutig. Nur manchmal nachts träumt sie furchtbar komplizierte Sachen. Da bekommt sie dann Angst und weckt mich egal wie spät es ist. Dann muss ich sie in den Arm nehmen und eine Minute später schnarcht sie vor sich hin. Und ich? Ich bewache ihre Träume. Worauf wollte ich hinaus? Traumfänger, ja ich bin der Traumfänger meiner Frau. Meine Frau hat viele Träume.

Ein Traum war einmal einen Indianer zu sehen. Das hat sie zwar schon. Damals besuchte sie einen Freund in San Francisco. An einer Ampelkreuzung geschah es dann plötzlich. Sie sah einen Indianer. Vor Schreck einen in echt zu sehen und nicht nur im Fernsehen, begann sie mit einer äußerst interessanten Konversation.

Sie sah ihn mit ihren großen Kulleraugen an. Wahrscheinlich blickte sie eher wie eine kleine Kuh auf der Flucht. Sie fragte ihn ob er Indianer sei. Mehr als ein „Ja" antwortete er ihr nicht. So erfuhr sie nicht einmal von welchem Stamm er war. Das ist ungefähr so, als hätte sie einen Deutschen gefragt, ob er denn Deutscher sei? Ein Deutscher kann aus dem hohen Ostfriesland oder dem tiefen Bayern kommen. Und wie sie wissen, gibt es ja auch in Deutschland viele unterschiedliche Sitten und Gebräuche. In Ostfriesland zum Beispiel bekämen Sie überall eine Tasse Tee angeboten.

Das erste Indianer Date meiner Frau ist dreiundzwanzig Jahre her, aber sie hat es sich nie verziehen. Sie sagt, sie hätte ihre zehn Zentimeter hohen Stöckelschuhe ausziehen sollen um ihm hinterher zu laufen. Dann hätte sie ihn an seiner Armeejacke ziehen sollen und ihn zwingen, sich mit ihr zu unterhalten. Aber der Indianer lief über die Kreuzung, denn die Ampel war in der Zwischenzeit grün geworden. Er verschwand so spurlos wie er aufgetaucht war. Während meine Frau noch fassungslos an der Ampel stand. Jetzt sollte also ein zweiter Versuch her.

An ihrem Geburtstag sollte dass große Event stattfinden. Ich sagte ihr damals, wenn sie glaubt sich diesen Traum erfüllen zu müssen, dann soll sie planen und wir fliegen. Tat sie dann auch.

Beim amerikanischen Verkehrsamt fand sie gleich einen Verbündeten. Sie hatte das Gespräch so eröffnet: „Sie werden mich vielleicht für verrückt halten, aber ich möchte einmal einen richtigen Indianer treffen. Und jetzt werde ich vierzig. Das ist doch ein Grund." Am anderen Ende der Leitung war es zunächst still. So dass meine Frau befürchtete, dass Ken, so hieß der Mitarbeiter, tatsächlich sie für ein wenig verrückt halten würde. Aber er hatte nur durchgeatmet, sein Telefonlächeln aufgesetzt und ihr dann erzählt, dass er gerade dreißig geworden sei. Dies sei sein Anlass gewesen um mit seinen Eltern eine Tour durch Reservate zu unternehmen. Es sei eine sehr interessante und spirituelle Erfahrung gewesen.

Spirituell? Na ja, ich wurde von einem schwulen Indianer beflirtet. Ehrlich gibt es. Er hieß Phil. Meine Frau war dermaßen eifersüchtig. Schließlich stand ich und nicht sie im Mittelpunkt. Aber einen Tag vor ihrem Geburtstag rächte sie sich. Unser indianischer

Führer Jack (Ich muss zugeben ein interessanter und gutaussehender Mann.) ist ein waschechter Navajo. Echte Indianer haben keinen Bart, dafür lange schwarze Haare zu Zöpfen gebunden, manchmal auch zu einem Zopf. Meine Quittung, dabei hatte ich gar nichts verbrochen, bekam ich an diesem Tag.

Jack führte uns durch das Monument Valley. Hier leben tatsächlich noch cirka einhundertundfünfzig Navajos sehr traditionell. Wir trafen eine Navajo Lady, die kein Englisch spricht. Jack musste übersetzen. Meine Frau hing die ganze Zeit an seinen Lippen und sah ihn mit Blicken an, die mir sagen sollten: „Siehst Du, der versteht mich".

Liebling, wenn Du das liest, ich weiß nicht, ob er Dich auch noch nach fünfundzwanzig Jahren verstehen würde. Darum war ich kein bisschen eifersüchtig. Meine Frau versucht immer wieder mal mich eifersüchtig zu machen. Da ich aber immer so tue, als wenn ich es gar nicht merke, lässt sie es bis zum nächsten Versuch.

Jack erzählte uns sehr viel über indianische Denkweisen. Navajos feiern keine Feiertage, weil jeder Tag etwas Besonderes ist. Das hat mir persönlich, glaube ich, am meisten imponiert. Jeder Tag etwas besonderes, nicht dieses hektische Gerenne am dreiundzwanzigsten Dezember um die letzten Weihnachtsgeschenke zu suchen. Oder der Hochzeitstag? Dann haben wir ja noch Namenstage, Geburtstage, Kennenlerntage. Sicherlich habe ich noch einiges vergessen. Meinen Hochzeitstag habe ich übrigens noch nie vergessen. Zur Vorsicht habe ich mir ein kleines Tatoo stechen lassen. Wo verrate ich Ihnen nicht.

Aus Höflichkeit blicken sich Navajos nicht einmal direkt an. Und Schwiegermütter darf man nach der Hochzeit gar nicht mehr ansehen und nicht alleine treffen. Sollte man das auch bei uns einführen? Er erzählt auch über Diskriminierung und Alkoholmissbrauch.

Er zeigt auf Felsformationen und sagt uns die englischen und indianischen Namen. Bei einer Felsfigur fragt er mich und meine Frau, was wir denn da sehen. Ich könnte jetzt behaupten, dass ich wollte, dass meine Frau, jetzt in ihrem Element, brillieren sollte. Aber das stimmt nicht.

Ich sah tatsächlich nur tote Steine. Meine Frau erzählte, dass sie einen kleinen indianischen Jungen sieht. Der Vater hält ihn an der Hand. Das Gesicht des Vaters ist rund und sieht richtig glücklich aus. Er sieht seinen Sohn liebevoll an. Der Junge wiederum habe etwas Spitzbübisches. Ein Band steckt in seinem Haar. Beide sähen so aus, als würden sie zu einem großen Ausflug aufbrechen.

Jack schwieg ungewöhnlich lange und sagte dann: „So wie Sie kann das eigentlich nur ein Navajo sehen. Sie haben sehr viel Phantasie. Vielleicht saßen Sie in einem früheren Leben an unseren Feuern." Das brachte sogar meine Frau zum Schweigen. Seit dem glaubt sie, sie hätte eine indianische Vergangenheit.

„Also Sie glauben, dass ihr Urgroßvater Ihnen den Wunsch zu schreiben vererbt hat. Und meine Frau glaubt an eine indianische Vergangenheit. Ich habe keine Ahnung, wie sie beide in diesem Ort gelandet sind, aber definitiv in fremden Raumschiffen." Eigentlich bin ich kein witziger Typ, aber der Scherz ist mir gelungen. Die Wolkenfängerin lacht und es klingt wieder als ob rostige Nägel aufeinander reiben. „Vielleicht sollten wir uns nächstes Mal mit Ihrer Frau und meinem Mann treffen" schlägt sie vor.

Während ich noch überlege, ob das eine gute Idee ist und zu dem Schluss komme, dass es vielleicht ganz nett werden könnte, seufzt die Wolkenfängerin. „Woher kommt denn ihre Familie? Haben Sie immer hier gewohnt? Fragt sie. Ich überlege und frage mich, womit ich anfangen werde.

„Meine Familie hat schon immer hier gelebt, soweit ich weiß. Der Name unseres Dorfes ist übrigens nicht ganz klar belegt. Die eine sagen, er stamme von der Wolfsjagd. Tatsächlich hat es viele Wölfe hier in dieser Gegend gegeben und es gibt Aufzeichnungen über die getöteten Wölfe. Für die Bauern hier waren sie eine Plage, weil sie natürlich auch das Vieh anfielen. Es sollen auch welche am X-Berg gesehen worden sein.

Die anderen sagen, dass zur Zeit der großen Rodungen hier vielleicht eine Familie Wulf ansässig war. Damals nannte man dann die ganze Sippe Wülflinge, wie zum Beispiel die Arnulfinger ein Herrschergeschlecht oder die Pippiniden auch ein Herrschergeschlecht." An dieser Stelle bricht die Wolkenfängerin in schallendes Gelächter aus. Ich verstehe das nicht und sehe sie fragend an. „Verzeihen Sie bitte, ich lache, weil ich diese blonden, jungen, ahnungslosen Mädchen, die so übermäßig selbstbewusst auftreten, Pippimädchen nenne. Wenn das die Pippiniden wüssten?" erklärt sie mir unter lautem Lachen. Tränen tanzen vor

Freude in ihren Augen. Diese Freude ist so ansteckend, dass ich laut mitlachen muss. Wir beide lachen zusammen. Es passiert etwas mit meinem Herzen. Was weiß ich zu diesem Zeitpunkt noch nicht.

Aber jetzt möchte ich sie natürlich noch weiter beeindrucken. „Wissen Sie woher der Begriff „Kirmes" stammt? Mein Großvater hat mir das einmal erzählt, als wir nachmittags in seinem kleinen Garten saßen. Es stammt von den Worten Kirche und Messe. In der kleinen Kapelle fand zunächst ein Gottesdienst statt. Danach gingen alle zusammen zur Messe. Hier boten fliegende Händler alles Mögliche an: Kupferkessel in allen Größen, Tonwaren zur Aufbewahrung von allerlei Gemüse bis Haushaltswaren und besonders durchwirkte Stoffe.

Die Bauern bewirteten alle Gäste, Verwandte und nicht Verwandte, also auch Fremde, umsonst. Die Kirmes fand im Juli satt. Zur Hauptarbeitszeit auf den Feldern und die Kosten für die Bewirtungen wurden immer größer, so dass sich einige Bauern zusammen taten um sich bei der Kirche zu beschweren. Die war nur allzu gern bereit gegen Sodom und Gomorrha (so hatten es die Bauern bezeichnet) vorzugehen und so wurde 1836 die Kirmes abgeschafft.

Mein Großvater war wie sein Vater Lehrer. Er hat mir soviel über Schülerstreiche erzählt, dass ich selbst nie einen Versuch gemacht habe."

Die Wolkenfängerin berichtet ihr größter Streich sei gewesen an die Tafel zu schreiben: Der Religionsunterricht fällt heute aus. Danach sei die ganze Klasse ganz schnell aus der Schule gestürmt und habe sich in einer Imbissbude getroffen. Da sie so in Sieger-laune gewesen sei, wollte sie noch eines drauf setzen um sich vor ihren Klassenkameraden zu pro-filieren. Was konnte sie tun? Sie gab Senf in ihre Cola und behauptete das trinke sie gerne so. Es schmeckte schrecklich, aber sie war für einen Tag die Heldin der Klasse. Das ist meine Wolkenfängerin.

„Mein Großvater erzählte dass einige Kinder Bindfä-den an Geldtaschen banden und diese auf dem Gehweg gut sichtbar hinlegten. Sie selber versteck-ten sich in den Büschen. Sobald jemand kam und sich danach bückte, zogen sie am Bindfaden. Vor Lachen konnten sie kaum weglaufen, wenn die Geneckten fluchend und schimpfend hinter ihnen herliefen.

Ein Streich hat meinem Großvater besonders gut gefallen. Ausgedacht hatte sich diesen die Klasse 10b:

Die gesamte Klasse warf sich in Schale. Also Mäd-chen mit langen Kleidern, Jungs mit Sakkos sowie Hemden und Krawatten. Vom Bahnhof aus fuhren sie mit Taxis vor der Schule vor. Danach gingen sie partnerweise, je ein Junge und ein Mädchen, ein-gehakt hinein. In der großen Pause spielten sie Musik und tanzten Foxtrott. Die kleineren Kinder blickten hochachtungsvoll auf die Großen. Und die Lehrer? Die schmunzelten.

Einmal hat eine Klasse die Uhr im Klassenzimmer zehn Minuten vorgestellt. Mein Großvater glaubte, dass seine Uhr falsch ginge. Also machte er Pause. Als später dann die Pausenklingel summte, bemerk-te er seinen Fehler. Er war aber nicht böse, denn so konnte er gemütlich seine Pfeife rauchen und seine

Schüler konnten sich etwas länger austoben. Mein Großvater erwähnte es nicht einmal.

Wenn er böse geworden wäre, hätte er in den Schülern den Eindruck von Wichtigkeit erweckt. Und so hätten sie diesen Streich wiederholt. Manchmal sprachen sich auch gelungene Streiche, die die Lehrer wütend machten und die Schüler zum Lachen brachten, von Klasse zu Klasse weiter. Aber dieser Streich blieb einmalig.

Großvater hat viel über die Schule erzählt. Eine neue Kollegin von ihm hatte es böse erwischt. Sie kam in die Klasse und fand ihren Tisch mit lauter Topfpflanzen übersät. Sie war noch ziemlich neu. Genauer gesagt, es war ihre erste eigene Klasse. Prompt machte sie einen Fehler. Sie fragte, wer das war. Keiner meldete sich. So sprang sie auf und ging zum Direktor um diesen zu holen. In der Zwischenzeit stellten die Schüler alle Pflanzen wieder weg. Als dann der Direktor und seine Kollegin kamen, war natürlich nichts mehr zu sehen. Aber die Kollegin hat einen Verweis bekommen, weil sie nicht unterrichtete".

Die Wolkenfängerin schmunzelte und erzählte mir wie gemein Kinder sein können. Sie sprach von ihren Augen und das sie einen Sehfehler habe. Unwillkürlich sah ich sie an und sah in diese unglaublichen blauen Augen. Sie sah mein Erstaunen denn ich hatte nichts bemerkt. Aber sie lacht jetzt wieder. Und es klingt wieder als ob rostige Nägel aufeinander reiben.

„Sie können es nicht sehen. Seit es Kontaktlinsen gibt, benutze ich sie. Sie gleichen meine unterschiedlichen Sehstärken aus. Ich schiele und habe kein räumliches Sehen". Wer hätte das bei diesen Augen gedacht.

„Als Kind wollte ich keine Brille aufsetzen, denn ich konnte das Schielen ganz gut steuern. Immer wenn mich jemand ganz entsetzt ansah, wusste ich dass ich mich auf meinen Blick konzentrieren musste um nicht zu schielen. Aber ich bekam von den anderen Kindern einen Spitznamen: „Clarence".

Es tut mir so leid, aber ich musste lachen. Clarence, der schielende Löwe aus der Fernsehserie Daktari hatte für mich so gar nichts Gemeinsames mit der Wolkenfängerin. Aber sie lacht auch und sagt, dass sie damals ganz schön traurig war. Die anderen hatten Spitznamen wie Lucy, Socke, Bella oder Birki. Sie bekam nie die Namen, die sie eigentlich wollte. Im Französisch Unterricht wäre sie gerne Nadine gewesen. Aber für sie blieb nur Monique. Sie hasste diesen Namen. In Englisch hieß sie Naomi. Ich kann sie gut verstehen. Auch hier wurde sie von den anderen Kindern gehänselt mit „Na Omi".

„Meine Kindheitsprobleme sind gar nicht wirklich so schlimm", fährt sie fort. „Wissen Sie, ich habe eine Bekannte, die unterrichtet Kinder. Eigentlich sind es eher Jugendliche und junge Erwachsene, aber sie nennt sie Kinder. Das ist liebevoll gemeint und ich glaube sie betrachtet diese Jugendlichen ein wenig wie ihre eigenen Kinder. Das ist wohl auch der Grund, warum ihre Schüler sie mögen. Vor ein paar Tagen erzählte sie mir wieder von diesen Jugendli-chen. Stellen Sie sich vor, da gibt es junge Menschen, die mit zwanzig den zweiten Selbst-mordversuch hinter sich haben. Kinder, die mit acht Jahren angefangen haben Alkohol zu trinken und mit neunzehn schon mindestens fünf Jahre im Gefängnis verbracht haben".

Ich weiß nicht, was ich darauf sagen soll. In meinem Dorf scheint die Zeit still zu stehen. Natürlich lese ich von den Veränderungen unserer Gesellschaft oder ich sehe es im Fernsehen. Wir schweigen beide für eine Weile. Ich bin ein wenig verlegen, weil ich keinen schlauen Satz parat habe oder eine Erklärung für diese unglaublichen Vorfälle. Wen sollte man auf die Anklagebank setzen? Die Kinder oder die Eltern?

Nach einer Zeit der Stille frage ich sie: „Aber was heißt das kein räumliches Sehen"?

„Ja" sagt sie, das ist erst erkannt worden als ich fünfundzwanzig Jahre alt war. Als Kind war ich übersäht mit blauen Flecken. Ich rannte überall dagegen. Alle fanden das lustig, wenn ich gegen den einzigen Pfeiler weit und breit rannte. Im Sportunterricht habe ich es nie geschafft über den Bock zu springen. Beim Ballspielen wollte mich niemand in der Mannschaft, weil ich nie einen Ball fangen konnte. Rodeln habe ich gehasst. Ich hatte Angst vor der Tiefe. Meine Eltern haben gelacht. Woher sollten sie auch wissen, das dieses zitternde Etwas einfach nur nicht sehen konnte wie hoch oder wie niedrig der Berg war.

Squash war vor vielen Jahren mal eine Trendsportart. Ich war neunzehn und meine erste große Liebe hieß Clemens. Ich hatte ihn in einer Diskothek kennen gelernt. Jeden Samstag kam er auf Rollschuhen in die Disko. Nicht einmal mein Bruder verstand was ich an ihm fand. Ich fand ihn einfach toll. Ich war neunzehn und es imponierte mir wie selbstbewusst er da stand auf den Rollschuhen mit einem Martini in der Hand. Aber er beachtete mich nie. Irgendwann hatte mein Bruder die Nase voll von meinem Liebeskummer und sprach ihn an. Wie peinlich, aber mein Bruder wollte mir helfen.

An diesem Abend passierte nicht viel. Außer das wir einen Martini tranken und uns zum Squashspielen verabredet haben. Hatte ich noch nicht gemacht. Kann ja nicht so schwer sein, dachte ich. Also kaufte ich mir für dieses erste Date ein sündhaft teures Outfit. Ich hatte keine Ahnung, was man dabei so trägt, aber ich dachte so ein Aerobic Outfit wäre genau das richtige. Es war eine doppelte Verabredung: mein Bruder und seine Freundin und Clemens und ich. Ich erschien also topgestylt und topgeschminkt.

Alle anderen trugen normale Sportkleidung und die Freundin meines Bruders war nicht geschminkt. Ich weiß noch, dass ich dachte: „Na du fällst ja gar nicht auf". Am liebsten wäre ich sofort nach Hause gefahren. Aber ich sprach mir Mut zu: "Augen zu und durch. Du schaffst das". Aber dann, in diesem Glaskasten, kam der Ball auf mich zu und ich hielt den Schläger in die andere Richtung. Neuer Versuch, gleiches Resultat. Alle lachten über mich. Sogar mein Bruder. Heute kann ich das gut verstehen, aber damals. Nein, das ist nicht der Grund warum Clemens sich von mir trennte. Das ist eine andere Geschichte.

Später als es erkannt wurde, dass ich kein räumliches Sehen habe, sind mir alle diese Dinge wieder eingefallen."

Ich muss an meinen Sohn denken. Als Baby schielte er auch. Aber die Ärzte rieten uns ein Auge zu zukleben. Meine Frau war sehr unglücklich. Aber ich konnte ihr schließlich verständlich machen, welche Konsequenzen es haben würde, wenn wir es nicht tun würden.

Während ich noch an meinen Sohn denke, fährt die Wolkenfängerin schon fort:

„Ich erzähle Ihnen doch von Clemens. Wir waren zwei Mal zusammen. Sagt man, das eigentlich heute noch? Egal. Beim ersten Mal war ich neunzehn Jahre alt, wie gesagt. Was er verschwieg war, dass er bereits eine Freundin hatte. Er hatte sich zwar zeitweise getrennt, aber eigentlich brauchte er nur einen Grund um zu ihr zurück zu kehren. Der Grund war dann ich.

Nach einem halben Jahr beendete er die Beziehung. Sie bekam einen Ring. Ich bekam ein Poster. Darauf sieht man den Rücken eines Mannes mit sehr starken Muskeln. Clemens hatte solche Muskeln. Aber er sah sich außer Stande sie für mich einzusetzen. Ich war ihm zu anders, nicht normal genug.

Sechs Jahre später traf ich ihn per Zufall wieder. Ich lebte schon lange nicht mehr in O. Aber bei einem Besuch bei meinen Eltern beschloss ich auszugehen. Da traf ich nun Clemens wieder nach all den Jahren. In O. gab es damals nicht so viele Diskotheken. Das „Buzbies" war als ich neunzehn war die Indisko und sechs Jahre später immer noch. Was war anders geworden?

Clemens trug keine Rollschuhe mehr, aber er stand an der gleichen Stelle, wo er mir früher immer aufgefallen war. Das obligatorische Martiniglas in der Hand, einen Fuß an die Spiegelwand gestellt, so stand er da. Nur dies Mal beachtete er mich sofort. Er sah mich, kam auf mich zu und lächelte mich an. Ich schmolz sofort dahin. Von seiner Freundin hatte er sich getrennt. Er habe mich all die Jahre so vermisst. Wie konnte ich das nur glauben? Aber es klang so schön. Er hatte mich, ausgerechnet mich vermisst. Mit mir sei es nie langweilig gewesen. Wir hätten soviel unternommen und so viel gelacht. Eigentlich hatte ich mehr um ihn geweint als mit ihm gelacht. Aber seine Version? Nun sie hörte sich gut an. Am Ende des Abends brachte er mich zu meinen Eltern in seinem hellblauen Käfer. Wir saßen stundenlang vor der Tür und unterhielten uns. Irgendwann küsste er mich. Wie sehr er mir mit der Trennung weh getan hatte, ich hatte alles vergessen. Nach nur einem Kuss.

Wir führten eine Fernbeziehung. Er wohnte in M. ich in B. Am Wochenende besuchte er mich oder ich ihn. Ich sehe ihn noch heute. Er steht an meiner Spüle und wäscht Geschirr ab. Über seinen Walkman hört er den Song „Half a minute" und tanzt dazu.

Clemens befreite mich von dem Zwang, dass mich kein Mann ungeschminkt sehen darf. Bis dahin ging ich geschminkt ins Bett. Nachts um halb fünf stand ich dann heimlich auf und schminkte mich zunächst ab. Also die Reste, die in der Nacht noch übrig geblieben waren. Danach drehte ich meine Haare auf Lockenwickler und schminkte mich neu. Dann schlüpfte ich heimlich wieder in das Bett.

Aber eines Tages klopfte Clemens an die Tür des Badezimmers. Irgendetwas hatte ihn geweckt. Ich war gerade dabei die Lockenwickler heraus zu nehmen. So konnte ich die Tür auf gar keinen Fall öffnen. Aber Clemens ließ nicht locker und hämmerte auf die Badezimmertür ein. Er versprach mir zu zeigen wie hübsch ich auch ohne Make up sei. Ich gab schließlich nach.

Er stellte mich im Nachthemd auf den Balkon und knipste Photo über Photo. Ich habe noch eines davon", kann sie gerade noch sagen, bevor sie loslacht. Ich liebe ihr Lachen. Es ist so voller Lebensfreude. Aber warum lacht sie jetzt. Egal, ich muss einfach mitlachen. Sie steckt mich immer wieder an mit ihrem Lachen.

„Vor lauter Angst und in der Eile hatte ich einen Lockenwickler vergessen. Clemens gab mir soviel Selbstvertrauen, dass ich ganz süß lächelte, aber der Lockenwickler stört die Optik doch ein wenig".

Ich weiß nicht mehr wie lange wir gelacht haben, aber ich sehe auch jetzt wieder das Bild vor mir: Die Wolkenfängerin im blauen Nachthemd passend zu ihren Augen. Sie hat Angst, weil sie ungeschminkt ist. Aber tapfer wie sie ist, lächelt sie. Ein junger Mann, der sie immer wieder fotografiert. Und oben in ihren Haaren steckt ein großer Lockenwickler.

„Aber seitdem schminke ich mich abends ab und stehe nicht mehr mitten in der Nacht auf. Dafür ist mein Mann Clemens sehr dankbar." Sie lacht noch immer. „Der arme Clemens. Er war sehr geduldig mit mir. Eines Nachmittags, es war ein Nachmittag vor einem Abend, an dem wir eine Einladung hatten. Eine Freundin hatte uns zu einem Essen gebeten.

Ich wanderte zwischen Spiegel und meinem Schrank hin und her. Clemens saß auf dem Sofa und sah irgendeinen kitschigen Film an. Er liebte solche Filme. Aber von dem angehenden Drama in unserer Wohnung bekam er gar nichts mit.

Meine Frage: „Was soll ich anziehen?" beantwortete er nur mit einem nervigen Knurren. Nachdem ich gefühlte zwanzig Outfits anprobiert hatte, brach ich in Tränen aus. Clemens rührte sich überhaupt nicht. Erst als ich ihn wüst anschrie: Ich sei zu dick und überhaupt mir würde gar nichts mehr passen. Jetzt erst sah er zu mir hoch. Fassungslos blickte er mich an. Wie konnte ich ihn nur mit so etwas vom Film abhalten. Für mich war es eine Tragödie. Für ihn ein Problem, dass er nach dem Film lösen würde. Mir fiel aber nicht ein bis nach dem Film zu warten. Ich hatte Vorrang.

Zunächst bewarf ich Clemens mit diversen Kleidungsstücken. Als mir dann die Wurfgeschosse ausgingen, nahm ich eine Schuhcremetube, so eine mit flüssiger Schuhcreme. Ich warf sie in seine Richtung. Leider traf sie nicht ihn sondern meine frisch gestrichene Wohnzimmerwand. Das reichte. Jetzt weinte ich noch hemmungsloser.

Clemens schaltete den Fernseher aus. Er blieb jedoch ganz ruhig. Er gab mir ein Taschentuch und dann wischte er die Wand ab. Danach legte er mir einen Rock und ein passendes T-Shirt heraus. Die Pumps dazu stellte er vor den Schrank. „Dazu trägst Du mein Jackett", sagte er vollkommen ruhig. In der Zwischenzeit schämte ich mich. Aber ich hatte aufgehört zu weinen. Seine grenzenlose Ruhe hatte auch mich beruhigt. Ich schaffte es mich zu entschuldigen und zu schminken. Dann schlüpfte ich in den Rock und das T-Shirt. Sein Jackett war mir viel zu groß. So wirkte ich zerbrechlicher und gar nicht dick. In diesem Outfit wurde ich der Star des Abends.

Nichts desto trotz scheiterte unsere Beziehung. Dieses Mal trennte ich mich von Clemens. Er war mir zu normal, so durchsichtig, vorhersehbar. Selbst das…" An dieser Stelle wird sie rot, wie süß dachte ich. Ich fragte mich, was jetzt kommen würde. Sie wird noch eine Spur mehr rot und ich muss sie einfach anlächeln. „Selbst das Liebemachen, ich weiß heute wird der Ausdruck Sex verwandt. Aber ich bin ein wenig prüde und bevorzuge Liebemachen. Also gerade das war nach Schema F, immer gleich und sogar zu den gleichen Zeiten" sagt sie und schaut auf ihr Weinglas. Ihr Gesicht ist immer noch leicht gerötet. Ich lächle vor mich hin und denke an meine Frau.

Vielleicht um das Thema zu wechseln, ich weiß es nicht, aber jetzt erklärt sie mir das mit dem räumlichen Sehen. „Sie sehen wie groß ein Gegenstand ist oder wie weit etwas weg ist oder wie tief Treppenstufen sind. Ich kann das leider nicht. Räumliches sehen ist bei mir nur antrainiert. Das hat mir damals ein Arzt erklärt.

Wissen Sie ich bin Verkäuferin. Ich verkaufe Spielzeug. Es macht mir wirklich Spaß. Aber irgendwann wollte ich da mal heraus. Mein Traumberuf war Stewardess. Mit sechsundzwanzig Jahren bewarb ich mich bei einer Fluggesellschaft. Ich wurde auch eingeladen zu einem mehrtätigen Assessment Center. Das war schon etwas Tolles. Beworben hatten sich zweitausend Mädels und Jungs. Fünfhundert wurden eingeladen. Unter anderem ich. Am ersten Tag ging es um Aussehen und Auftreten. Aber auch um vorhandene Sprachkenntnisse in Englisch und Französisch. Damals sagte eine Trainerin zu mir: „Die gepflegte Dame trägt Nagellack und auch im Sommer Strumpfhosen". Das habe ich nie vergessen. Ich habe immer ein schlechtes Gewissen, wenn meine Fingernägel nicht lackiert sind. Diesen ersten Test bestand ich.

Beim nächsten wurde es schon schwieriger. Es ging um Mathematik, Logik und Rechtschreibung. Psychologen begleiteten uns, die anderen Bewerber und mich, auch diesen ganzen Tag lang. Am Ende des Tests wurde ich zu einem Gespräch mit den Herren gebeten. Einer sprach den folgenden Satz sehr theatralisch: „Sie wissen, dass Sie nicht zu den intelligentesten Menschen gehören?" Was außer „Ja", sollte ich darauf antworten? „ Aber wir möchten Sie trotzdem sehr gerne einstellen. Sie sind eine Führungspersönlichkeit. Andere Menschen folgen Ihnen." Ich war überglücklich und flog zurück nach B. Was sollte meinem Traumberuf noch im Weg stehen?

Der nächste Test, der Gesundheitscheck stand an und somit auch der Augenarzt. Der bemerkte sofort, dass ich schiele und sagte mir, dass ich kein räumliches Sehen habe. „Sie wären eine Gefahr für die Passagiere". Im Notfall meinte er, weil ich ja Entfernungen nicht sehen kann. Ich war damals tief enttäuscht. Mehr noch, ich habe den ganzen Weg von F. nach B. geweint und diesen einen Satz: "Sie wären eine Gefahr für die Passagiere" vor mich hin gemurmelt. Der Traum war geplatzt.

Heute denke ich, wer weiß sonst hätte ich vielleicht nie meinen Mann geheiratet. Und es ist so schön in

Kinderaugen zu sehen, die ein neues Spielzeug bekommen. Ich habe leider keine Kinder. Gewünscht habe ich mir immer zwei Kinder. Genauer gesagt einen Jungen und ein Mädchen. Der Junge sollte älter sein, damit er ein bisschen auf seine kleine Schwester aufpassen kann. Aber ich habe meinen Mann sehr spät geheiratet. Mit ihm hätte ich gerne Kinder gehabt. Wir haben es im Anfang auch wieder und wieder probiert. (Jetzt wird sie wieder ein kleines bisschen rot.) Aber es klappte nicht. Meine Ärztin riet mir damals zu einer Untersuchung, um festzustellen woran es liegt.

Aber zu dem Zeitpunkt hatte sich gerade meine Cousine von ihrem Mann scheiden lassen. Die beiden hatten ein schönes Haus gebaut, hatten einen Hund, beide tolle Jobs, zwei Autos und ein Motorrad. Da sollte nun noch ein Baby her. Aber es klappte nicht. Die Untersuchung ergab, dass der Mann meiner Cousine, keine Kinder machen konnte. Daraufhin stritten sich die beiden nur noch und es endete in einer Schlammschlacht um Haus, Hund und Autos. Das Motorrad behielt er.

Das sollte uns nicht passieren. Ich setzte die Pille ab und sagte mir, wenn es klappt, soll es so sein, wenn nicht dann eben nicht. Aber streiten wollten wir uns deshalb auf keinen Fall. Ich biete genug Möglichkeiten um mit mir zu streiten. Mein armer Mann". (Sie lacht.)

Ich fragte sie, wie ihr denn ihr Beruf gefalle. Warum ihr das Verkaufen Spaß mache? „Menschen haben ein Bedürfnis, wenn sie zu mir kommen", sagt sie. „Mir macht es einfach Spaß, den richtigen Artikel zu vermitteln mein Wissen weiterzugeben. Eltern, die vorübergehend ihre Sorgen um ihre Kinder vergessen. Kinder, die sich freuen, die lachen, deren Augen strahlen. Ja, das ist es wohl". Eigentlich erstaunlich, dass ihre Liebe zu ihrem Beruf nicht erkaltet ist. Obwohl immer mehr Kunden sich allein für den Preis interessieren und sie ihren Beruf zunehmend als entwertet sieht. Sich beim Verkäufer zu informieren, dann billig im Internet zu bestellen, sie kennt das. „Manchmal koche ich innerlich vor Wut, aber ich verziehe nicht das Gesicht, zucke mit keiner Wimper". Später sagt sie: „Aber manchmal gehe ich in den Garten und brülle „Scheiße! " (Süß, sie wird wieder rot.)

Jetzt holt sie einen Zettel aus ihrer Handtasche. Sie liest vor. Darin geht es um Götter, die einen guten Platz suchen, um die Weisheit zu verstecken. Sie wählen nicht den höchsten Berg, nicht das tiefste Meer. Die Wolkenfängerin trägt den Wunsch des weisesten Gottes vor: „Lasst uns die Weisheit im Menschen selbst verstecken. Er wird dort erst dann danach suchen, wenn er reif genug ist, denn er muss dazu den Weg in sein Inneres gehen". Sie hebt den Kopf und nickt. Sie mag diese Geschichte. Meiner Frau wird sie sicher auch gefallen.

Wir sind an diesem Abend die einzigen Gäste. Ich weiß nicht, warum mir das erst jetzt auffällt. Wahrscheinlich habe ich mich nur auf die Wolkenfängerin konzentriert. Als ich sie frage, was denn so schöne Momente in ihrem Verkaufsleben waren, lächelt sie vor sich hin und überlegt ein wenig.

„Wissen Sie als kleines Mädchen hätte ich gerne eine Barbie Puppe gehabt. Aber meine Eltern konnten sich das nicht leisten. Jede Puppe, die ich verkaufe und damit ein kleines Mädchen glücklich mache, ist etwas Besonderes für mich. Ein großes

Highlight war auch als ich meinen ersten Barbie-puppen Computer verkauft habe. Ich liebe diese kleinen rosa Dinger. Sie sehen aus wie richtige Lap-tops. Es ist so niedlich zu sehen wie die kleinen Mädchen, meist selber in Rosa angezogen, dieses Spielzeug hinter sich her ziehen oder tragen.

Ich könnte stundenlang mit diesem Ding spielen. Man wählt zum Beispiel eine Melodie und eine Bar-bie Stimme sagt:" Das hast Du gut gemacht." Oder das Buchstaben Spiel: Ich suche mir ein Bildchen zum Beispiel einen Apfel aus und drücke auf A. Wenn man einen falschen Knopf drückt, sagt Bar-bie: „Das kannst Du besser machen, versuche es noch einmal." Das ist mir doch tatsächlich bei einer Mathematik Aufgabe passiert". Jetzt lacht sie wieder. „Diese kleinen rosa Dinger sind für Kinder bis sechs Jahre gedacht." Mathematik scheint nicht ihre Stärke zu sein, aber ich muss auch lachen. So wie sie erzählt, kann ich mir richtig vorstellen, wie sie vor so einem Laptop sitzt und stundenlang mit Barbie spricht.

„Ich verkaufe gerne Spielzeug, aber selber habe ich nie gerne gespielt außer mit Puppen, die konnte ich immer wieder kämmen und frisieren." Komisch denke ich, wie kann man es lieben Spielzeug zu verkaufen und selber spielen nicht mögen? Aber ich glaube so ist sie die Wolkenfängerin: Widersprüch-lich. Tiefsinnig wie ihre Augen, ängstlich, lustvoll und romantisch aber eben auch widersprüchlich.

Zu romantisch passt das nächste, was sie mir er-zählte. „Ich hatte eine Freundin Beate. Sie war Ver-käuferin wie ich. Kennen gelernt habe ich sie in einem Laden, in dem ich arbeitete. Es war eine ruhigere Zeit. Nachmittags tranken wir schon mal ein Gläschen Sekt und gerieten in Diskussionen über dies und das. Typische Frauenthemen: Diäten, Männer, Filme und so das Übliche. Wenn wir dann hinten im Verkaufsraum saßen, konnte es schon mal sein, dass wir die Kunden vergaßen. Unser Chef rief dann: Kundschaft! Und eine von uns erbarmte sich die Kunden zu bedienen.

Mit einer meiner Kolleginnen, dieser Freundin Beate, konnte ich stundenlang telefonieren oder ausgehen. Wir gingen ganz oft essen. Leisten konnte ich mir das eigentlich nicht. Mein Konto war hoffnungslos überzogen. Irgendwann hatte ich mal wieder gar kein Geld und so war sie alleine in ein Restaurant essen gegangen.

Dort war ihr ein Kellner, nennen wir ihn Karl, aufgefallen. Sie hatte sich direkt in ihn verliebt. Am nächsten Samstag gingen wir zusammen in das Restaurant. Ich fand Karl ganz nett aber irgendwie war er mir zu schmalzig. Allerdings wie kann man einen Kellner schon kennen lernen bei einer Konversation die so oder so ähnlich lautet: „Guten Abend. Schön das Sie hier sind. Was darf ich Ihnen empfehlen? Hat es Ihnen geschmeckt? Bitte! Danke! Möchten Sie ein Dessert? Darf ich Ihnen noch einen Kaffee bringen? Wie möchten Sie gerne bezahlen? "

Beate hatte da eine andere Meinung: „Er sprach das „a" bei Danke so süß aus. Hast Du gesehen wie er mich angesehen hat, als ich bezahlte?" So ging das über Monate. Sie besuchte nur noch dieses Restaurant mit wechselnden Freundinnen. Ja, ich ging auch immer wieder mit. Beate hatte nur noch ein Thema. Und das hieß: Karl. Wenn sie alleine in das Restaurant ging, blieb sie bis zum Schluss. Wenn Karl sich dann, richtig müde vom Arbeitstag, zu ihr setzte, wusste sie es. Es war die große Liebe. Eines Abends hatte ich genug davon.

Ich schrieb ihre Telefon-Nummer auf eine kleine Tischkarte. Natürlich auf die Seite, wo Beate gesessen hatte. Er rief … nicht an. Beates Spekulationen reichten von: „Er hat die Telefon-Nummer nicht gesehen. Ich bin ihm zu dick. Ich bin ihm zu dünn. Meine Frisur saß nicht. Er findet mich hässlich. Er darf keine privaten Kontakte zu Gästen knöpfen. Hättest Du bloß die Telefon-Nummer nicht aufgeschrieben. Gut, dass Du die Telefon-Nummer aufgeschrieben hast. So weiß ich, dass er mich nicht liebt. Was soll ich jetzt tun? Ich kann ihn nie wieder sehen. Soll ich morgen einfach mal hingehen? Kommst Du mit? Nein, ich gehe da nie wieder hin. Vielleicht sollte ich vorher zum Friseur? Soll ich einen Rock anziehen? Nein, ich gehe da nie wieder hin".

Das Modewort heute heißt, glaube ich „lösungsorientiert". Ja ich glaube, dass ich lösungsorientiert bin. Wie sollte sie herausfinden, was er für sie empfindet, wenn sie nicht mehr hingehen würde? Also schlug ich vor, einfach wieder hin zu gehen und bei passender Gelegenheit flirttechnisch vorzugehen.

Das letztere traute sie sich nicht. Nein, nicht nur dies Mal nicht. Sondern es sollte sich heraus stellen, dass sie es die nächsten fünf Jahre nicht tat. Ich versuchte nur noch einmal ihr aktiv zu helfen. Es war wieder mal ein Samstag und ich ging mit Beate in das Steakhouse. Mein Mann hatte sich damals noch nicht an mein Helfersyndrom gewöhnt und war ziemlich sauer.

Meine Freundin beachtete nicht ihr ausgezeichnetes Steak, nicht ihre leckere Ofenkartoffel mit dem superleckeren Quark, nicht die anderen Gäste, auch mich nicht. Nur Karl. Die Unterhaltung an unserem Tisch gestaltete ich. Ab und zu nickte sie an unpassenden Stellen. Irgendwann verlor ich die Geduld.

Ein Rosenverkäufer hatte das Restaurant betreten. Ich kaufte ihm eine Rose ab und schenkte sie Karl mit den Worten „Von der Da" und blickte in Beates Richtung. Sie rannte schlagartig aus dem Restaurant. Ich beeilte mich um zu bezahlen und sie einzuholen. Draußen sah ich Beate erst einmal nicht. Doch hinter der nächsten Ecke lauerte sie mir auf.

Ihre Handtasche hielt sie beschwörend in die Luft. Die Tasche wirkte wie ein Dolch, mit dem sie mich gleich erstechen würde. Aber sie begnügte sich mit wüsten Beschimpfungen. Ich ließ sie reden. Irgendwann schluchzte sie nur noch unter Tränen. Das tat mir sehr leid. Ich umarmte sie. Dabei machte ich sie darauf aufmerksam, dass Karl nun endlich wisse, was sie für ihn empfindet. Das tröstete sie. Aber es machte ihr auch Angst.

Dann geschah etwas und mein Mann und ich, wir mussten ungefähr siebenhundert Kilometer weit weg ziehen. An ein Abendessen, wie früher mal eben so, war also nicht mehr zu denken. Aber Beate und ich, wir telefonierten noch.

Ungefähr zwei Wochen nach dem Rosenereignis, ging Beate doch wieder in dieses Restaurant. Karl war nicht da. Sie hatte Angst, er könne entlassen worden sein oder habe gekündigt oder etwas anderes veranlasste ihn nicht da zu sein. Aber dem war nicht so. Er hatte einfach nur einen freien Tag.

Beim nächsten Besuch war er wieder da. Weder sie noch er erwähnten die Rose. Und wenn sie nicht gestorben sind, dann geht Beate noch heute in das Restaurant und freut sich auf Karl. Und der freut sich noch immer über „die" Gast, die ihm soviel Trinkgeld gibt, wenn er einfach nur nett ist. Tut mir leid, das klingt wie ein Märchen. Aber es war tatsächlich so.

Wir telefonierten noch sehr lange. Es drehte sich aber immer nur um Karl. Irgendwann war mein Mann richtig böse. Wenn er schon lange im Bett lag, hauchte ich in das Telefon „Ach Beate." Ich konnte ihr nicht helfen. Als ich ihre Hilfe gebraucht hätte, war sie nicht da für mich. Für sie gab es nur das eine Thema „Karl". Ich schäme mich ein wenig, aber ich hörte auf sie anzurufen. Schließlich meldete sie sich auch nicht mehr".

Das passt doch jetzt wieder richtig gut. Im Radio schmettert Limahl „Never ending story".

Wo wir gerade bei Romantik sind, wie hat denn eigentlich die Wolkenfängerin ihren Mann kennen gelernt? „Nachdem ich meine Ausbildung beendet hatte und meinen Führerschein hatte, hörte das Lernen für mich auf einmal auf. Ein komisches Gefühl. Ich hatte bis dahin immer nur gelernt. In der Schule musste ich viel tun. Im Gegensatz zu meinem Bruder. Der lernte nie. Manchmal war ich sehr neidisch auf ihn. Ich hatte stundenlang gebüffelt und es kam wieder nur eine vier dabei heraus. Aber mein Bruder, den ich nie lernen sah, hatte mal wieder eine eins. Nun hatte ich das Kämpfen hinter mir, dachte ich.

Meine Ausbildung zur Verkäuferin war leicht im Geschäft. Die Berufsschule war schon schwerer. Aber jetzt war das ja vorbei. Das konnte doch nicht alles gewesen sein?

Ich habe eine Freundin, die arbeitet seit neunundzwanzig Jahren im gleichen Geschäft als Fleischerei Fachverkäuferin. Meine Eltern finden das toll. Vielleicht würden sie sich mehr für mich interessieren, wenn ich ihrem Plan für mich entsprochen hätte: Ein Mann, ein Haus, zwei Kinder und das Ganze am besten in dem Dorf, in dem sie wohnen. Das war mir alles zu klein, zu eng, zu spießig und zu wenig. Für mich war immer klar, die Welt ist groß. Es gibt so viel zu sehen, zu erfahren, zu erleben. Und ich wollte immer die Welt erobern. Ich wollte alles Böse besiegen und niemals aufgeben. Ich wollte Gerechtigkeit für diese Welt. Auch heute will ich das noch, aber ich kenne heute besser meine Grenzen."

Im Radio läuft jetzt „Für mich soll es roten Rosen regnen". Das ist eines ihrer Lieblingslieder, sagt sie. Ja, dieses Lied passt sehr gut zu ihr.

„Ich überlegte also was könnte ich tun? Eine neue Ausbildung kam nicht in Frage. Ich hatte ja schon Geld verdient und nun noch einmal mit so wenig Geld auskommen wie in der Ausbildung. Das hätte ich nicht gekonnt. Aber ich dachte: Au pair Mädchen, das wäre was für mich. Ich recherchierte. Damals gab es nur zwei englischsprachige Länder Kanada und Groß Britannien, die Au Pair Stellen ausschreiben. Kanada schien so weit weg zu sein und natürlich hatte ich das Vorurteil, dass es da nur kalt sei. Die Auswahl war somit nicht groß und hieß England.

Damals gab es die Zentralstelle für Arbeitsvermittlung. Da fragte ich einfach mal nach. Es stellte sich heraus, dass es ganz einfach war. Ich sollte einen Brief schreiben, in dem ich mich vorstellte und ein wenig über mich und meine Hobbies erzählen sollte. Diese Stelle würde dann eine Familie für mich auswählen und mir eine Beschreibung der Gastfamilie mit einem Brief zu schicken. Sie haben schon gemerkt, dass ich zwar sehr mutig bin, aber auch ein gewisses Sicherheitsdenken entwickelt habe.

Was würde passieren, wenn ich kündigen würde und für ein halbes Jahr in das Ausland ginge? Wäre ich hinterher arbeitslos? Das wollte ich nicht riskieren. Ich sprach also mit meinem damaligen Chef. Natürlich hatte ich Angst, dass er mich vielleicht auf der Stelle entlassen würde. Aber er hatte Verständnis für das Fräulein XYZ. In dieser Zeit wurden jungen Frauen Fräulein genannt. Ich habe das gehasst und konnte es nicht erwarten älter zu werden, damit ich mit „Frau" angesprochen würde. Ich bin nicht unglücklich über mein Alter. Aber heute und für ein paar Falten weniger, dürften Sie wieder Fräulein zu mir sagen". Auf einmal reiben wieder rostige Nägel aufeinander. Die Wolkenfängerin lacht schallend.

Ich glaube meine Frau hat mir sehr viel über Frauen beigebracht. Jetzt schätze ich die Maße der Wolkenfängerin: 100, 80, 99. Könnte hinkommen. Woher ich so was kann?

Meine Frau geht schon seit Jahren nicht mehr auf die Waage. Ihre Diäten macht sie immer nur, wenn sie nicht mehr in ihre Anzüge (Sie hat auch Damen Hosenanzüge.) passt. Gott sei Dank. Jahrelang hat sie sich (und mich) gequält. Morgens stieg sie auf die Waage, abends wieder. Hatte sie auch nur fünfzig Gramm zugenommen, wurde sie jedem noch so gut gemeinten Kompliment und mir gegenüber resistent. Sie nörgelte und beschimpfte sich als fettes Schwein. Was sollte ich da noch sagen? Irgendwann wurde sie älter und vernünftiger. Sie ging einfach nicht mehr auf die Waage, dann konnte diese ja auch nichts Falsches mehr sagen. Aber seitdem misst sie sich. Genauer gesagt sie bittet mich ihre Maße zu nehmen. Da sie sie nicht ablesen kann, mogle ich da auch schon mal. Jedenfalls habe ich daher ein gutes Augenmaß für Frauen.

Also die Wolkenfängerin hat super Maße, schöne irgendwie umflorte Augen und eine gewisse interessante Reife. Wen stören da die kleinen Falten?

„Also mein Chef hatte Verständnis für mein Fernweh. Er versprach mir, dass ich im neuen Geschäft seines Sohnes, nach meiner Rückkehr, arbeiten dürfte. Meinen Eltern gefiel diese Idee natürlich nicht. Aber ich setzte mich durch. Es dauerte auch nicht lange und ich bekam einen lieben Brief einer Familie, die sich vorstellte. Die Mutter: Portugiesin und Buchhalterin, der Vater katholischer Ire und Antiquitätenhändler und zwei Kinder. Ein Mädchen neun Jahre alt und ein kleiner Junge fünf Jahre alt. Es war ein kurzer lieber Brief und ich beschloss diese Familie würde für ein halbes Jahr meine Familie werden.

Anfang Januar flog ich los. Meine ganze Familie war am Flughafen. Meine Mutter weinte und mein Bruder umarmte mich herzlich. Etwas was er eigentlich immer vermied, wenn es irgendwie ging. Aber an diesem Tag zog er mich richtig an sich und er küsste mich sogar. Ich fühlte mich, als wenn ich zu einer Weltreise aufbrechen würde. Schließlich weinte ich auch. Alle, mein Vater, meine Mutter und mein Bruder, zogen ein weißes Taschentuch hervor und winkten, als ich durch die Passkontrolle ging.

In London angekommen wurde ich von meiner Gastmutter abgeholt. Sie brachte mich in einem schicken Auto zu ihrem und meinem zukünftigem Zuhause. Es war ein kleines, schönes Backstein Reihenhaus in einer ordentlichen und sauberen Straße. Die beiden Kinder rannten bei unserer Ankunft auf die Straße zu unserem Auto. Hübsche Kinder dachte ich. Ich wusste noch nicht, was auf mich zu kommen sollte.

Meine Aufgaben teilte mir meine Gastmutter dann bei einer Tasse Tee mit. Während sie arbeitete, sollte ich mich um die Kinder und den Haushalt kümmern. Im Klartext: Kinder wecken, Frühstück machen für die Kinder, die Kinder zur Schule bzw. zur Vorschule bringen und abholen, Abendbrot machen für die Kinder, Schularbeiten beaufsichtigen, Deutsch mit dem Mädchen lernen, Wäsche waschen und bügeln. Es sollte sich herausstellen, dass ich zunächst total überfordert war.

Zuhause hatte meine Mutter immer alles erledigt. Wenn ich einmal zum Beispiel Kartoffeln schälte, machte ich es ihr zu langsam. Sie nahm sie mir dann weg und erledigte es selber. So kam es, dass ich zu diesem Zeitpunkt, die von mir geforderten Arbeiten, nicht vernünftig erledigen konnte.

Das erste Bügeln entwickelte sich zu einem Drama. Ich versuchte das beste Hemd meines Gastvaters zu bügeln. Aber irgendwie schaffte ich es das Hemd schwarz zu verbrennen. Was sollte ich tun? Ich rief meine Mutter an und weinte in das Telefon. Was sie tun sollte, weiß ich auch nicht mehr. Damit machte ich eigentlich alles nur noch schlimmer. Meine Mutter fühlte sich schuldig, weil sie mich nie hatte etwas machen lassen. Aber gravierender noch war, dass die Telefonrechung meiner Gasteltern in die Höhe schnellen würde. Sie würden mich sofort nach Hause schicken und ich hätte erst in einem halben Jahr einen neuen Job. Abgesehen davon, dass alle es vorher gewusst hätten, dass ich versagen würde.

Nichts davon passierte. Als meine Gastmutter abends kam, bot ich ihr an ein neues Hemd für ihren Mann zu kaufen. Sie lachte nur und nahm mich in den Arm. Von nun an wurde ich mutiger und mit dem Mut wurde ich auch besser im Haushalt.

Es ging sogar soweit, das der Gastvater behauptete, wenn ich putzen würde, wäre es sauberer, als wenn das seine Frau tun würde. Ich war richtig stolz und drapierte überall im Haus von nun an Blumen. Diese Blumen habe ich während meiner langen Spaziergänge in meinen Pausen gepflückt.

Mit den Kindern erging es mir genauso. Im Anfang war ich total überfordert. Der Junge, Nikki, war fünf Jahre alt und ein richtiger Lausbub. Er hatte nichts anderes im Sinn, als mir das Leben schwer zu machen. Einmal trat er mir gegen das Schienbein einfach so. Beim Essen setzte er sich nicht. Er antwortete mir nicht auf Fragen. Was er besonders gerne machte war, bei typisch englischem Regenwetter durch den Matsch zu laufen. Danach lief er dann an der Haustür herein und einmal durch die gesamten unteren Räume des Hauses. Dann musste ich staubsaugen und wischen, während er, einem süßen und kleinen Engelchen gleich, in seinem Zimmer spielte. Über Wochen ging das so. Ich bestach ihn mit Süßigkeiten. Ein absolutes No go, ich weiß, aber ich war verzweifelt. Glauben Sie, dass die viele Schokolade half? Nein, natürlich nicht. Sein Lieblingsgetränk servierte ich ihm nur noch in einem besonderen Glas mit einem Zuckerrand.

Eines Tages half ich meinem kleinen Pascha die Schuhe zu zumachen. Das hätte er längst alleine tun können. Aber da er mich als seine persönliche Dienerin oder besser Sklavin betrachtete, erledigte ich das für ihn. Ich hatte mich gerade zu seinen Füßen herunter gebeugt, da gab er mir eine Ohrfeige. Ohne zu überlegen schlug ich zurück. Er weinte nicht, sondern ging einfach in sein Zimmer. Ich war wahnsinnig traurig. Noch nie in meinem Leben hatte ich jemanden geschlagen. Von diesem Tag an veränderte sich alles. Nikki, mein kleiner böser Junge verwandelte sich in einen zuvorkommenden, lieben, rücksichtsvollen, artigen Jungen. Er erledigte seine Vorschulaufgaben und meine Gastmutter lobte mich sehr für diese Veränderungen. Sie fragte mich immer wieder wie ich das erreichen konnte. Ich glaube, ich habe mich sehr geschämt. Aber ich habe ihr nie verraten, was wirklich passiert ist. Das bleibt für immer mein und Nikkis Geheimnis. Vielleicht lag der Grund für seine Veränderung daran, dass ich ihn nicht verraten habe. Aber ich weiß es nicht. Für die Ohrfeige schäme ich mich noch immer.

Mit dem Mädchen, Rachel, war es leichter. Sie war elf Jahre alt und benahm sich eher wie eine kleine fünfzehnjährige. Da sie bereits ein wenig Deutsch sprach, konnte ich mich mit ihr sehr gut unterhalten. Für sie waren Jungs bereits ein Thema. Sie war gerade das erste Mal verliebt in einen Jungen namens Thomas. Ein süßer kleiner dicker Junge mit blonden Haaren. Er interessierte sich allerdings nicht für

Rachel, sondern für ihre Freundin Cathy. Das sorgte für viel Gesprächsstoff und noch mehr Tränen.

Sie diskutierte mit mir auch über die neuesten Nagellackfarben. Der einzige Haken an der Sache war, dass sie mich immer abends nach der Schule abpasste. Sie musste dann längst im Bett liegen. Mit einem „Pst, Pst", lockte sie mich dann in ihr Zimmer. „Ein bisschen erzählen nur", lautete es jedes Mal und „Bitte sag nichts zu Mama". Wir waren wie zwei Freundinnen, eine kleine und eine große, nicht wie Mutter und Tochter.

Manchmal war ich aber auch ein wenig einsam trotz der vielen Hausarbeiten und der Kinder und natürlich nicht zu vergessen die Schule. Maria, meine Gastmutter, empfahl mir einen Yoga Kurs. Sie war auch als Au Pair Mädchen nach England gekommen und hatte daher viel Verständnis für mich.

Sie wäre fast nach Hause zurückgeschickt worden. In einem Kaufhaus hatte sie Handschuhe gefunden, die sie nicht bezahlen wollte oder konnte. Schließlich musste sie mit einem kleinen Au Pair Gehalt auskommen. Zusätzlich war sie sehr gefrustet, weil sie ihre erste Familie nicht mochte.

So schicke schwarz weiße Handschuhe, hatte sie erzählt. Unauffällig ließ sie die Handschuhe in ihre Tasche gleiten. An der Kasse wurde sie dann von einem freundlichen Sicherheitsbeamten aufgefordert ihre Tasche zu öffnen. Vor Schreck konnte sie dem Beamten nicht auf Englisch antworten. Sie verfiel in ihre Muttersprache und weinte.

Maria ist gerade mal ein Meter fünfzig groß. Sie erzählte, dass dieser Beamte ihr wie ein riesengroßer

Bär vorkam. Doch dieses tapsige große Tier hatte Mitleid mit diesem kleinen weinenden Geschöpf und bat es die Handschuhe zu bezahlen. Er nahm ihr auch das Versprechen ab, so etwas nie wieder zu tun. Maria hätte alles versprochen. Sogar von nun an nie mehr einen Mann anzusehen oder in lesbischer Liebe zu einer balinesischen Tempeltänzerin zu entbrennen. Dank des netten riesengroßen Sicherheitsbeamten blieb ihr dies erspart. Sie musste auch nicht zurück nach Hause, wo ihre Familie sie mit Schimpf und Schande geviertelt hätte. Sie bat das Büro um eine neue Familie und machte einen Yoga Kurs.

Allerdings war das ungefähr zehn Jahre her und aus den jugendlichen Damen, wie sie sie bezeichnete, waren ältere geworden. Aber die waren sehr nett zu mir. Ich lernte schnell einige Übungen wie den Baum. (Mein Mann nennt es Verrenkungen.) Die Atemtechnik erlernte ich nicht. Immer wenn ich eine Übung konnte, klatschten die alten Ladys. Eigentlich war es nett, aber ich war immer noch einsam. Zwar hatte ich viel zu tun und abends ging ich in die Schule um zu lernen. Die anderen weiblichen und männlichen Au Pairs waren riesig nett und wir hatten schöne Abende im Pub. Aber ich war irgendwie trotzdem einsam. Auch hier wusste Maria Rat. Sie empfahl mir die einzige Disko in der Nähe und ich ging hin.

In dieser Zeit trug ich High Heels mit zehn Zentimetern. Die Diskothek war ziemlich leer. Aber tanzen wollte ich unbedingt. Zunächst steuerte ich die Bar an. Das ist immer der beste Platz für Frauen, wenn wir alleine irgendwo ausgehen. Zumindest der Barmann spricht mit einsamen Mädels. Also ab zur Bar.

Ich bestellte mir einen Martini. Das war damals mein Lieblingsgetränk. Der DJ spielte dann eines von meinen Lieblingsliedern von Hot Chocolade. Jetzt wollte ich tanzen. Bisher hatte mich niemand angesprochen. In der Disko tanzen nur ein paar Leute. Was mir noch gar nicht aufgefallen war, alle Besucher waren farbig. Ich war die einzige weiße. Mich störte das überhaupt nicht. Ich tanzte, aber sofort taten mir meine Füße weh. Also zog ich meine Pumps aus und tanzte weiter.

Plötzlich kam jemand auf mich zu und nahm meine Hände in seine und sah mir in die Augen. Er sagte, ich habe die schönsten Augen, die er jemals gesehen habe. Ich sah ihn an oder besser ich sah zu ihm hoch. Er war ungefähr einen Meter neunzig groß. Dunkle Augen, dunkle Haare, so gar nicht mein Typ. Woher sollte ich auch wissen, dass der blonde Typ, den ich so bevorzugte, mir nur Traurigkeit und Ärger bescheren würde? Das war der Anfang einer Beziehung.

Ihm war es egal, dass ich anders war. Er stellte mich seiner Familie vor. Alle waren so nett zu mir. Ich gehörte sofort dazu. Es war eine richtige Familie. Alle hatten sich lieb. Aber sie erfüllten auch alle Klischees, wie wir weiße uns farbige vorstellen. Die Mutter tanzte schon morgens in der Küche. Alle hatten permanent gute Laune. Aber jetzt hatte ich eine neue Familie und einen Liebhaber". Jetzt wird sie wieder rot, aber sie erzählt schnell weiter.

„Ich gewöhnte mir einige englische Sitten an. Die Kinder brachte ich mit Lockenwickler in den Haaren in die Schule, Blumen packte ich nicht mehr aus, bevor ich sie übergab. Mit anderen Worten, ich war langsam in England zu Hause. Ich träumte sogar auf Englisch. Es wurde eine schöne Zeit. Als Johnny Logan beim Grand Prix „ Hold me now" sang, saß ich mit meiner Familie: Mutter- Portugiesin, Vater – Ire, Kinder Engländer, Oma – Schottin, ich Deutsche und Fitz Abkömmling eines afrikanischen Stammes, vor dem Fernseher. Aber wir alle drückten Johnny die Daumen. Stimmt nicht, wir kreuzten unsere Finger. Das macht man in England so. Ich war schon ein wenig englisch geworden. Johnny gewann. Aber was würde ich gewinnen oder verlieren, wenn ich zurück nach Deutschland musste. Was sollte aus Fitz und mir werden?

Zunächst nichts. Ich musste irgendwann zurück fliegen. Mein neuer Job und meine Familie warteten auf mich. Aber ich konnte Fitz nicht vergessen. Wir telefonierten nächtelang. Als er vorschlug mich zu besuchen, war ich nervös. Unser kleines Dorf und ich hatte meiner Familie verschwiegen, dass Fitz farbig ist. Aber er ließ nicht locker. Er wollte mich wieder sehen. Seine Familie hatte mich wie eine Tochter behandelt. Wie würde ihn eine Familie aufnehmen? Aber auch ich wollte ihn unbedingt wieder sehen. Ich wollte, dass er wieder meine Hände hält und mich seinen Schatz nennt.

Zwei Wochen später stand er vor mir auf dem Flughafen so groß und so hübsch. Wir küssten uns und vergaßen meinen Bruder, der mich zum Flughafen begleitet hatte. „Das hättest Du mir aber sagen müssen", sagte mein Bruder lachend, als ich von Fitz und seinem wunderschönen Mund abließ. „Das ist ja ein Riese". Einen kleinen Moment hatte ich Angst gehabt, er würde etwas anderes sagen.

Auch meine Eltern sagten nichts über seine Hautfarbe. Das hatte ich ihnen gar nicht zugetraut.

Soviel Toleranz. Mein Vater war doch sonst nicht so. Seine Partei hat eine Farbe und andere Parteien mit einer anderen Farbe existieren für ihn nicht. Es wurden traumhafte vier Wochen. Fitz hatte seinen gesamten Urlaub genommen, nur um mit mir zusammen zu sein. Natürlich gab es auch komische Momente. Nein eigentlich waren sie nicht komisch im Sinne des Wortes, nicht für Fitz und mich.

Einmal saßen wir in einem vollkommen überfüllten Bus. Aber der Platz neben Fitz blieb leer. Ich hatte mich vor ihn gesetzt. Er saß also hinter mir in der Reihe. Niemand setzte sich neben ihn. Erst viel später erzählte er mir, wie enttäuscht und traurig er gewesen war. Es sind Kleinigkeiten, die uns manchmal sehr verletzen können. Fitz sagte damals: „Ich habe doch nur eine andere Hautfarbe. Bin ich deshalb weniger wert?".

Wir gingen in Museen und Galerien. Wissen Sie, Fitz mag Impressionisten. Am meisten liebt er die Bilder von Lautrec und Renoir. Aber wir blieben auch oft zu Hause, kuschelten auf dem Sofa und lasen einfach nur gute Bücher. Aber irgendwann war der Urlaub für Fitz und mich vorbei. Er flog zurück nach England.

Wir telefonierten wieder nächtelang und ich weinte viel. Fitz schrieb mir lange Briefe und er dichtete sogar für mich.

Als meine Freundin nach B. zog, dachte ich, dass ein Umzug mir vielleicht auch gut tun würde. Damals war es leicht in einer anderen Stadt einen Job zu bekommen. Bei mir klappte es beim ersten Versuch. Eine neue Stadt bedeutet auch neue Freunde zu suchen. Ich wohnte damals im Arbeitnehmer Wohnheim. Da wohnten lauter Zugereiste wie ich. Schon beim Einzug war mir ein großer Blonder aufgefallen. Er sah aus wie Marlon Brando, als er so dastand nur in Jeans und Unterhemd. Der große blonde Rebell.

Fitz war weit weg und ich verliebte mich prompt in diesen großen blonden. Das erste Verhängnis kündigte sich an. Es hieß Edzard. Ein sanfter und netter Name. Edzard war der Liebling im Haus und alle Mädels waren hinter ihm her. Er nutzte das aus. Einmal erzählte er mir er gehe zu Eva. Die würde so leckere Erbsensuppe kochen. Sie ahnen sicherlich, dass ihn etwas anderes zu ihr führte. Ich ahnte es nicht. Er stellte mir seine exotischen Pflanzen vor. Auf die Frage, was das sei, antwortete er „Tabak". Naiv wie ich war, glaubte ich auch das. Er ging Jahre später für diesen Tabak in das Gefängnis. Aber noch glaubte ich ihm alles.

Aber Fitz vergaß mich nicht. Er rief immer noch an und wollte mich besuchen. Wie sollte ich dass Edzard klar machen. Ich griff zu einer Notlüge und sagte ein Freund würde mich besuchen kommen. Wirklich nur ein Freund. Edzard, der mich mit fast jedem Mädchen im Haus betrog, was ich ja noch nicht wusste, wurde böse und wollte das zunächst nicht. Nach diversen Streits durfte Fitz aber kommen. Dieser Besuch sollte außergewöhnlich werden.

Fitz spürte, dass etwas nicht stimmte. Ich musste arbeiten und gab ihm Geld zum Einkaufen. Wenn ich dann nach Hause kam, hatte er eine Flasche Whiskey gekauft. „Und was wollen wir essen?" fragte ich. Aber er war traurig und betrank sich nur noch. Eines Nachts wollte er mich nicht nur küssen. Mein sonst so rücksichtsvoller lieber süßer

Fitz war stock betrunken. Er wollte mich für sich. Ich wehrte mich, denn ich war hin und her gerissen zwischen Edzard und Fitz.

Die Wände waren ziemlich dünn und irgendwann klopfte es sehr laut an meiner Tür. Fitz ließ mich los. Ich ging schnell zur Wohnungstür. Da stand er mein Nochheld, Edzard, wie immer in Jeans und Unterhemd. Sogar um diese Zeit, es war drei Uhr früh. Und er hatte etwas mitgebracht. In seiner erhobenen Hand hielt er eine Axt. Damit wollte er auf Fitz los. Auf Fitz, auf meinen Fitz, der betrunken in einer Ecke hockte. Edzards Freund rannte hinter ihm auf ihn los und konnte ihm die Axt wegnehmen. Ich schloss ganz schnell die Tür.

Irgendwie weckte ich den schlafenden Fitz. Ich befürchtete dass Edzard erneut zurück kommen würde. Dies mal vielleicht mit einem Messer oder einer Pistole. Aber wie sollte ich Fitz wach kriegen und wo sollte er hin?

Ich beschloss ihn unter die Dusche zu schupsen und Kaffee zu kochen. Fitz ließ alles mit sich geschehen. Nach dieser Prozedur konnte er auch wieder denken. Er weinte und entschuldigte sich. Dabei war alles meine Schuld. Aber das half jetzt auch nichts mehr. Fitz erinnerte sich an einen Bruder aus dem Flugzeug. Bruder? „Schatz, ein farbiger. Wir sind alle Brüder. Bei dem komme ich bestimmt unter". Ungefähr eine Stunde nach dem Besuch von Edzard und seiner Axt, war ich alleine in meinem Zimmer und weinte. Ich hatte wie immer alles falsch gemacht.

Am nächsten Morgen besuchte mich Edzards Freund Ralf. Er brachte frische Brötchen mit und sagte mir, wie leid ich ihm täte. Aber er erzählte mir endlich auch, was alle, nur ich nicht, längst wussten. Edzard hatte im ganzen Haus diverse Freundinnen. Ich beschloss Edzard nie wieder zu sehen. Das klappte natürlich nicht ganz. Schon am nächsten Abend wollte Edzard sich mit mir versöhnen. Er legte „As times goes by" in der Udo Lindenberg Version auf. Aber ich wollte nicht eine von vielen sein und ging einfach.

Fitz war noch in B. Er war tatsächlich bei seiner Flugzeug Bekanntschaft untergekommen. Aber er traute sich nicht mehr in unser Haus. Wir trafen uns nur noch einmal bei meinem Lieblings Italiener. Aber weder Fitz noch ich hatten Appetit. Obwohl wir uns richtig leckeres Essen ausgesucht hatten (Fitz Spaghetti mit Tomatensauce und ich Miesmuscheln in Weißweinsauce) rührten wir fast nichts an. Wir waren beide in unseren Gedanken verloren. Einerseits war ich froh Edzard los zu sein, andererseits wusste ich nicht mehr was ich für Fitz empfand. Fitz berührte meine Hände zärtlich und sanft. Er sah mir traurig in die Augen und sagte: „ Der hat Dich nicht verdient". Ich weinte. Fitz gab mir ein Taschentuch. Was sollte er auch noch sagen? Es war ein trauriger Abend. Dann war seine Zeit in B. auch schon wieder um und er musste nach Hause. Fitz war also in L. und ich in B.

Vorübergehend war ich zu einer Freundin gezogen. Ich wollte Edzard nicht wieder sehen. Fitz schrieb mir immer noch liebevolle Briefe. Aber er hatte eine andere Frau kennen gelernt. Sie war Krankenschwester. „Ich liebe sie nicht so wie Dich, aber ich mag sie" schrieb er mir damals. Und ich? Mir eröffnete sich ein neues Abenteuer.

Eines Tages, meine Freundin war nicht da, klingelte es Sturm an der Haustür. Eigentlich hatte ich keine Lust zu öffnen. Es war schon einer dieser grauen Herbsttage. Die ganze Zeit regnete es und überall waren diese düsteren Wolken. Ich war damals arbeitslos und genauso düster und trist wie das Wetter waren meine Laune und meine Stimmung.

Schließlich öffnete ich die Tür, dass Geklingel ging mir auf die Nerven. Und dann stand er vor mir: Mein Traummann, groß und blond, mit Cowboy-Stiefeln an den Füßen. Ich konnte ihn nur anstarren. Er erschien mir wie ein Wunder. Mir gingen nur Gedanken durch den Kopf wie: „Entweder ist der schwul oder verheiratet. Oh Gott, vielleicht beides. So ein Glück hast Du niemals. Der Traummann und er klingelt an Deiner Tür". Meine Oma hatte immer behauptet, für mich müsse man einen Mann backen. Ich hatte schon an Lasso üben gedacht, um so was wie ihn einfach einzufangen.

Es heißt wir Frauen suchen heimlich immer den Typ des Vaters, nicht nur äußerlich sondern auch seine Eigenschaften. Von diesem Exemplar Traummann kannte ich bisher nur sein Äußeres. Als er endlich sprach, dachte ich, Du hast also auch einen Haken. Seine Stimme war eher piepsig. Nicht richtig aber irgendwie doch in die Richtung piepsig.

Er wollte zu meiner Freundin. Die beiden hatten ein Verhältnis. Das wusste ich aber nicht. Da meine Freundin ja nun nicht da war, nahm er meine Einladung auf einen Tee an. Wir tranken grünen Tee und unterhielten uns. Er sah traumhaft aus und er war nett. Eine seltene Kombination. Irgendwann bekam er einen Anruf. Er musste ganz schnell weg. Am nächsten Morgen stand der Traummann mit frischen Brötchen und einer roten Rose vor der Tür.

Eigentlich hatte ich keine Zeit, weil ich ein Vorstellungsgespräch hatte. Als er versprach mich hinzufahren und sogar zu warten, war ich hin und weg. Nicht nur attraktiv, auch einfühlsam, dachte ich. Wir tranken viel Kaffee, frühstückten die leckeren frischen Brötchen und unterhielten uns über die ganze Welt. Sein Versprechen mich zu diesem Gespräch zu bringen und zu warten, hielt er ein. Andere sollte er später, nicht nur einmal, brechen.

Wir fuhren in seinem gelben Käfer vor und ich hatte ein sehr nettes Vorstellungsgespräch. Ich bekam den Job sofort. Als ich aus der Tür kam, saß er in seinem Auto und wartete wirklich auf mich. Ich war so guter Laune, dass ich ihn küsste. Er küsste mich zärtlich zurück. Ich fühlte mich wie im siebten Himmel: Ein neuer Job, ein neuer Mann. Ein neues Leben mit meinem Traummann in blond.

An diesem Abend gingen wir essen. Wir wollten meinen neuen Job feiern. Mein Traummann lud mich in ein teures Restaurant ein. Wir tranken Wein. Ich glaube, dass ich ein wenig zu viel getrunken hatte. Er brachte mich nach Hause zu meiner Freundin. Die war nicht da. An der Tür küsste ich ihn und wollte mich verabschieden. Aber er schob einen Fuß in die Tür und küsste mich zurück. Während er seine Lippen auf meine presste, schupste er mich sanft in die Wohnung und schloss die Tür. Sie ahnen was passierte?" fragt sie mich und ihr hübsches Gesicht erhält die Farbe einer mittel reifen Tomate.

„Er behielt doch tatsächlich seine Cowboy Stiefel an. Ich starrte immer wieder auf die Stiefel und war so gar nicht bei der Sache. Vielleicht war das der Grund, der ihn veranlasste zu sagen, dass ich keine Frau für das Bett sei. Irgendwann schlief ich ein und am nächsten Morgen war er weg. Zwei ganze Wochen lang rief er nicht an und kam auch nicht vorbei.

Ich fühlte mich komisch. Einerseits sah er aus wie mein Traummann: Groß und so blond. Ich konnte mich gut mit ihm unterhalten. Er hatte sich als romantischer Held bewiesen, als er mit den frischen Brötchen und der roten Rose auftauchte. Und bei meinem Vorstellungsgespräch war er meine moralische Stütze. Diese Nacht war nicht besonders, aber schließlich war es die erste. Aber er hätte anrufen können.

Nach zwei Wochen kam dann ein Anruf. Ein überschwänglicher noch dazu. Er nannte mich Liebling und er müsse mich unbedingt wieder sehen. Natürlich fiel ich darauf herein und die Falle, in die ich getappt war, schnappte zu. Ich sollte mich erst sehr, sehr viel später daraus befreien können.

Es war ein wenig wie in meiner Kindheit. Es gab schöne Tage und weniger schöne Tag mit ihm. In seiner Kindheit war er geschlagen worden. Folglich schlug nun er. Wenn er wütend war, schlug er mich. Für ihn war es eine normale Reaktion. Für mich damals auch. Ich kannte es ja. Ein Psychiater sagte später zu mir, dass sei tatsächlich sehr oft so. Menschen, die in ihrer Kindheit geschlagen wurden, schlagen später selber zu.

Aber mein Traummann brachte auch Blumen mit und an guten Tagen war ich sein Liebling. Er gab mit mir vor seinen Freunden an. Die fanden mich allerdings zu fett. Einmal hörte ich wie einer von ihnen zu ihm sagte: „Bringst Du Deine dicke R. auch mit?" Ich weinte danach stundenlang. Aber er war so lieb. Er tröstete mich mit meinen Lieblingschips, die er mir nach jedem erneuten Tränenausbruch in den Mund schob. An diesem Tag beschloss ich abzunehmen und das klappte auch! Was dann schief ging?

Wir waren gerade zwei Monate zusammen, da musste mein Traummann zu einer Dienstreise nach Paris aufbrechen. Er kam ein wenig verändert zurück. Wir sahen uns weniger. Dafür war ich öfter bei seiner Mutter und seiner Schwester zu Besuch. Wir tranken Kaffee und sie aßen Kuchen; ich knabberte an meinem Knäckebrot. An einem Nachmittag nahm mich seine Schwester zur Seite. Ihr Bruder habe auf der Dienstreise eine Frau mit langen schwarzen Haaren getroffen. Er liebe schlanke Frauen mit schwarzen langen Haaren. Ich sah mich vor mir: Nicht klein aber kurze blonde Haare und nicht wirklich schlank. Was wollte sie mir sagen?

Ich erinnere mich. Ich sah sie mit großen nicht begreifenden Augen an. Sie überlegte kurz aber dann schleuderte sie mir entgegen: „Wie blöd bist Du eigentlich? Er hat Dich betrogen und tut es immer noch. Alle wissen es nur Du nicht." Mir wurde schlecht und ich war traurig. Während ich an meinem Knäckebrot gekaut hatte, hatte mein Traummann an einer anderen Frau geknabbert.

Ich ging zurück in das Wohnzimmer zu seiner Mutter. Sie sah mich so mitleidig an. Also nahm ich das größte Stück Käsekuchen und schob es auf meinen Teller. Das machte es zwar nicht besser aber vielleicht erträglicher. Kaum hatte ich den ersten Bissen im Mund, erschien mein Traummann mit der großen schlanken Frau und den langen schwarzen Haaren. Die Haare waren wirklich toll, aber der Rest von ihr war nicht mein Geschmack. Er wusste, dass ich da sein würde und er brachte sie einfach so mit. Für ihn schien es wie selbstverständlich. Ich fand es einfach nur peinlich. Jetzt wollte ich nur schnell weg.

Mein Traummann ging mit seiner Schwester in sein Zimmer. Die Frau, die ich bis dato als meine zukünftige Schwiegermutter angesehen hatte, ging an das Telefon. Ich blieb alleine zurück mit der Frau mit den langen schwarzen Haaren. Sie war so dünn. Ich brachte den Käsekuchen, der mich vor einem wie auch immer geführten Gespräch bewahrt hätte, nicht in meinen Mund. Ich schämte mich. Gegen sie sah ich aus, wie eine dicke Puppe, die Werbung für Diäten machen sollte.

Sie sagte, dass mein Traummann ihr erzählt habe, dass er eine Freundin hat. Sie habe damit kein Problem. Er sei so toll im Bett. Sie möchte ihn unbedingt behalten. Sie habe zwar auch einen Freund. Aber zwei Männer zum … Entschuldigen Sie bitte aber ich nehme dieses Wort nicht in den Mund. Zu so viel Unverfrorenheit konnte ich nichts sagen. Ich stand auf und ging in das Nebenzimmer ohne zu klopfen. Wenn ich wütend werde, dann platze ich, sagt mein Mann. Mein Traummann und seine Schwester rauchten und lachten. Es waren keine Zigaretten. Ich hatte so etwas nur im Fernsehen gesehen. Sie sahen aus wie Zigaretten, hatten aber die Form von Tüten. Und so heißen sie auch. Ich solle doch mitrauchen. Das hätte eine Wirkung, die ich nicht erwarten würde. Von Erwartungen hatte ich die Nase voll und von Drogen wollte ich nichts wissen. Ich schrie meinen Traummann an, warum er mir das antun würde. Aber lachte mich nur aus. Was er denn schon gemacht habe. Er habe eine Frau getroffen, die lange schwarze Haare hat und da konnte er halt nicht nein sagen. Wieder lachte er. Seine Schwester lachte ebenfalls unaufhörlich. Ich verließ weinend die Wohnung.

Es verging eine Woche in der ich nichts essen konnte. Ich hatte nur an einem Stückchen Käsekuchen herum gebissen. Nicht einmal meine Arbeit lenkte mich ab. Am darauf folgenden Montag brach ich in der Wohnung zusammen. Als ich wieder stehen konnte, zog ich einen Mantel über meinen Jogging Anzug und ging zu meinem Hausarzt. Der sah mich nur an und fragte: „Was hat er Dir angetan?" Er kannte meinen Traummann, seit er ein kleiner Junge war. Mein Arzt verschrieb mir Abstinenz von meinem Traummann. Unnötig, er hatte sich sowieso nicht gemeldet. Aber ich sollte auch immer eine Praline in der Tasche haben, damit mein Zuckerspiegel nicht wieder fallen würde. Ich tat, was er sagte.

Es vergingen zwei Wochen. Gerade hatte ich mich gut erholt. Da stand er vor meiner Tür. Braungebrannt, blond mit einem unschuldigen Lächeln und einem riesigen Strauß roter Rosen. Er bat mich um Verzeihung. Er wisse jetzt, dass ich die Frau seines Lebens sei. Ich wollte ihm glauben und ich tat es".

An diesem Punkt dachte ich nur noch: Mit Männer hat die Wolkenfängerin kein Glück. Sie erzählt weiter: "Irgend wann wurde seine Drogensucht ein Thema. Ich konnte sie nicht mehr übersehen oder herunter spielen. Er handelte jetzt sogar in einer

Diskothek damit. Als ich es wiederholt ansprach, wurde er wütend, aber diesmal schlug er mich nicht. Er warf mir seinen Autoschlüssel in das Gesicht und ging. Mein Gesicht war sofort blutüberströmt. Das musste er gesehen haben, aber er ging einfach. Ich schleppte mich aus der Wohnung. An der nächsten Ecke war ein Taxistand. Der Fahrer brachte mich so schnell er konnte in das nächstgelegene Krankenhaus. Dort durfte ich natürlich nicht erzählen, wie es passiert war, sonst hätten sie die Polizei gerufen und ich wäre nicht versichert gewesen. Aber mit Lügen und verstecken hatte ich ja Erfahrung. Fast mein ganzes Leben habe ich gelogen. Niemand sollte wissen, wie es wirklich war. Diese Erfahrung kam mir natürlich zu gute". Das ist typisch für sie, dachte ich. Sie kann in allem noch Etwas Brauchbares entdecken.

„Es ging so weiter. Er betrog mich und kam zurück zu mir. Ich war ja die Frau seines Lebens, wie er immer betonte und ich glaubte ihm immer wieder. Aber zwei Dinge waren es dann, die mich dazu veranlassten ihm nicht mehr zu glauben.

An einem der schönen Abende gab er mir ein weißes Pillchen. Er wusste, dass ich keine Drogen nahm. Aber er gab es mir mit den Worten. „Nimm es, wenn Du schlechte Laune hast. Es ist nichts gefährliches nur ein paar Vitamine, die Deine Stimmung dann verbessern werden". Der Tag kam.

Ich hatte frei und es war einer dieser letzten Sommertage. Die Sonne schien zwar aber es wurde schon kälter. Mein Traummann hatte sich mal wieder eine Woche nicht gemeldet. Meine Freunde waren alle verreist. Ich dachte so ein paar Vitamine können da nicht schaden. Also schluckte ich das weiße Pillchen. Zunächst hatte ich blendende Laune.

Ich fuhr mit dem Fahrrad an einen See, der sich in der Nähe meiner Wohnung befand und las. Am Abend fuhr ich zurück in meine Wohnung. Die Welt war auf einmal wunderbar. Die Nachrichten im Radio erschienen mir auf einmal nicht mehr so erschreckend. Ich überhörte einen Kriegsausbruch, einen schweren Autounfall und die neueste Aidsrate in Afrika. Doch nachts wachte ich plötzlich auf.

Ich hatte Geräusche gehört und sah überall nur Ratten und Mäuse. Wissen Sie, ich habe keine Angst vor Spinnen, aber ich habe sehr große Angst vor Mäusen und Ratten. Als ich klein war, hatte meine Mutter mir erzählt, dass eine Ratte einem Baby ein Ohr abgebissen habe. Seit dem schreie ich sobald ich eine Maus auch nur im Fernsehen sehe. In dieser Nacht waren sie überall, aber ich schrie nicht.

Ich holte mir ein großes Messer aus der Küche und war gerade dabei mir die Pulsadern aufzuschneiden, als das Telefon klingelte. Es war die Mutter meines Traummannes. Sie erkannte meinen Zustand. Die Schwester meines Traummannes machte sich sofort auf den Weg zu mir. Sie hatte einen Zweitschlüssel von mir bekommen und sie rettete mir das Leben in dieser Nacht. Sie erzählte mir später, dass ihre Mutter auch ihren Bruder angerufen habe, aber der habe aufgelegt und gesagt, er sei gerade beschäftigt. Das war er auch: Mit einer anderen Frau. Nach der Haarfarbe fragte ich schon lange nicht mehr. Diese Erfahrung mit seinen Vitaminen, war vielleicht gut. Ich hielt und halte nichts von Drogen und es brachte mich ein Stückchen weg von meinem Traummann. Er hatte mich zwar immer schon belogen, aber nun wurde mein Vertrauen geringer.

Aber mein Leben ging weiter. Ich arbeitete und ging mit meiner Freundin essen oder in das Theater. Mein Traummann tauchte immer mal wieder auf. Natürlich immer mit den obligatorisch gewordenen Rosen. Ich freute mich nicht einmal mehr über seine wunderschönen Blumen. Eines Tages stand er vor mir und weinte. Seine Freundin habe Schluss mit ihm gemacht. Natürlich war ich nicht überrascht, ich wusste ja, dass ich obwohl ich angeblich die Frau seines Lebens war, nie die Einzige war. Er konnte es ja auch begründen. Ich war ja nach wie vor keine Frau für das Bett, wie er es auszudrücken beliebte."

Sie schaut auf das kitschige Hirschbild und wird wieder rot. „Ich beschloss ihm zu helfen, führte lange Gespräche mit ihm. Ich traf mich sogar mit seiner Freundin um mit ihr zu reden. Als ich sie das erste Mal sah, konnte ich kaum atmen. Sie war hübsch, ungewöhnlich hübsch aber sie war halb so alt wie ich. Das war der Ausschlag gebende Punkt. Ich sah mich in zwanzig Jahren. Wie alt würden seine Freundinnen dann sein? Endlich konnte ich mich von ihm trennen.

Als ich ihn viel später anrief um ihm zu erzählen, dass ich heiraten würde, fragte er mich tatsächlich, ob wir es nicht noch einmal versuchen sollten. Ich sei doch seine Frau für das Leben. Aber ich war endlich befreit von ihm und ich wollte es auch bleiben. Bevor ich Ihnen verrate, wer mich freiwillig geheiratet hat (sie lacht), erzählen Sie mir doch etwas über Ihre Frau".

An dieser Stelle kam der Wirt. Er hatte gesehen, dass unsere Gläser leer waren und fragte nach unseren Wünschen. Wir bestellten wieder das Gleiche. Sie wünschte sich ihren Wein und ich meinen Wodka.

„Meine Frau" sage ich fragend „wo fange ich an? Sie ist etwas ganz besonderes. Ich liebe sie vom ersten Tag an, an dem ich sie sah. Sie war damals drei Jahre alt", jetzt muss ich lachen. „Tatsächlich! Nur damals wusste ich es natürlich nicht. Wir gingen in den gleichen Kindergarten. Sie hatte dunkelblonde Zöpfe und ganz süße Grübchen. Die hat sie heute noch. Nein, sie lachen, nicht die Zöpfe, die Grübchen. Aber die Zöpfe waren die Attraktion für uns Jungs. Wir machten uns einen Heidenspaß daraus an diesen Zöpfen zu ziehen. Meistens weinte sie dann und rannte weg. Später einmal sagte sie mir, dass sie in dieser Zeit Angst vor mir hatte und mich hasste. Heute liebt sie mich, glaube ich.

Nein, ich weiß es. Sie wohnte mit ihren Eltern in der gleichen Straße wie meine Eltern und ich. So gingen wir später auch auf die gleichen Schulen. Wir begegneten uns immer wieder mal. Ich glaube sie war dreizehn Jahre alt. Sie hatte eine Zahnspange und längst keine Zöpfe mehr als wir uns auf dem Schulflur gegenseitig umliefen. Ihre Schulbücher waren überall verstreut. Sie trug damals keine Tasche sondern hatte ihre Bücher in einen Gürtel gebunden. Das hatte sie in einem amerikanischen Film mit James Dean gesehen. Sie verehrte diesen jungenhaften Rebell und wäre am liebsten seine Freundin geworden. Ich half ihr also ihre Bücher zusammen zu suchen. Sie sah mich kaum an und wurde rot. Ich wusste nicht, dass ich damals sehr viel Ähnlichkeit mit James hatte. Aber für meine

Frau stand fest, wenn schon nicht James Dean, dann doch ich. Sie war nur zu schüchtern um mich anzusprechen. Mir gefiel sie zwar, aber an eine Freundin dachte ich noch nicht. Das sollte sich ändern.

Wir sahen uns immer wieder mal in den nächsten Jahren. Meine Frau wurde dann rot und ging weiter. Ich beachtete sie so gut wie gar nicht. Schließlich hatte ich Freunde und mit denen viel zu erleben. Wir frisierten unsere Mofas, rauchten heimlich und hörten viel zu laute Musik. Meine Schulnoten waren zu diesem Zeitpunkt eher durchschnittlich. Daraufhin beschlossen meine Eltern, ich solle doch etwas für meine Fremdsprachen Kenntnisse tun und schickten mich zu einem Schüleraustausch nach Frankreich.

Als ich in den Bus kam, bemerkte ich meine Frau erst gar nicht. Aber dann hörte ich auf einmal dieses Gekichere. Dieses typische Gegackere von jungen Mädchen. Und dann sah ich sie mit ihrer besten Freundin. Sie hatten mich erspäht und sich irgendetwas zu getuschelt.

Die Schule in Frankreich war ein Reinfall. Ich verstand kaum etwas vom Unterricht. Besonders in Mathematik war es schrecklich. Auf Deutsch hatte ich schon kaum etwas verstanden und jetzt der ganze Zirkus auf Französisch. Dazu kam, dass wir es gewöhnt waren, das der Unterricht um 13.30 Uhr beendet war. Hier in Frankreich dauerte die Schule bis 17.00 Uhr. Ehrlich gesagt, weiß ich das gar nicht mehr so genau. Aber gefühlt war es bestimmt bis 17.00 Uhr. Aber wir waren erfindungsreich. Einer von uns hatte eine Lücke im Zaun der Schule entdeckt und wir verschwanden dann nachmittags einer nach dem anderen. Wären wir alle auf einmal verschwunden, wäre das aufgefallen, aber so klappte es. Ein kleines Cafe in der Nähe war unser Stützpunkt. Bei einer heißen Schokolade bemitleideten wir uns gegenseitig.

Aber wir machten auch Ausflüge in die nahe Umgebung an schulfreien Tagen. An einem dieser Ausflüge nach H., eine wunderschöne Hafenstadt, nahm auch meine Frau teil. Sie war auch da noch sehr schüchtern. Mit ihrer Freundin saß sie in der letzten Reihe im Bus. Die Fahrt dauerte ziemlich lange. Meine Frau musste eigentlich auf die Toilette, aber sie traute sich nicht den Fahrer anzusprechen. Also hielt er auch nicht an. Was passierte? Meiner Frau ist das heute noch peinlich. Sie machte sich in die Hose. Schließlich kamen wir in H. an. Sie rannte sofort aus dem Bus. Ich war ein wenig später aus dem Bus ausgestiegen. Sie trug eine schwarze Hose, aber ich sah es. Ihr Gesicht war tief dunkelrot, als ich sie ansah. Auf dieser Fahrt wollte sie mir endlich gestehen wie sehr sie mich mochte und dann das. Weil ich merkte wie sehr sie sich schämte, lachte ich nicht. Aber das kostete mich eine immense Überwindung. So ein großes Mädchen und so schüchtern und ängstlich. Ich glaube, dass war der Moment, in dem ich mich endgültig in sie verliebte.

Stumm gab ich ihr damals meinen Parka. Sie band ihn um ihre Hüften und entspannte sich. Von den anderen hatte es niemand bemerkt. Trotzdem fühlte sie sich immer noch schlecht. Ich wollte sie aufheitern. Also lud ich sie für den nächsten Tag zu mir auf eine Cola ein. Sie kam auch wirklich am nächsten Tag. Sie sah so süß aus. Ich merkte ihr immer noch an, dass sie sich schämte, aber sie lächelte tapfer. Wir unterhielten uns eine Weile über die Schule und bedauerten unsere schlechten Noten. Eigentlich wollten wir beide aber etwas ganz anderes. Sie gestand mir später, dass sie nur darauf gewartet hatte, dass ich sie küssen würde. Ich wollte das auch. Aber zunächst traute ich mich nicht. Ich hatte noch nie ein Mädchen geküsst. Meine Frau war das erste Mädchen, das ich küsste. Aber ich tat es schließlich doch.

Nach dem ersten wollte ich gar nicht wieder aufhören. Irgendwann stöhnte sie und nannte mich „Knutschi". Etwas Besseres ist ihr nicht eingefallen und natürlich musste sie diesen Spitznamen gleich ihrer Freundin mitteilen. Diese wiederum gab ihn an ihren Freund weiter. Ob sie es glauben oder nicht. Auch Jungs und Männer tratschen. Bald hieß ich an der ganzen Schule nur noch „Knutschi". Am Anfang war es mir peinlich. Später war ich irgendwie stolz. Ich fühlte mich als Frauenverführer. Dabei war ich immer nur mit meiner Frau zusammen. Ich habe nie eine andere Frau geliebt. Ich der Frauenverführer." Bei diesen Worten muss ich lachen. „Ich bin kein Bratt oder George". Die Wolkenfängerin lacht auch. Obwohl ihr Blick durchaus verrät, dass wenn sie nicht verheiratet wäre und sie ihren Mann nicht so unendlich lieben würde... Ich glaube, dass sie mich, auch ohne Martini, zu einer Party einladen würde.

„Ihre Frau hat großes Glück so geliebt zu werden" sagt ihr Mund und fährt fort: „Ohne dieses Missgeschick, hätte es diesen Kuss vielleicht erst viel später gegeben oder sogar nie". Das ist wieder typisch für die Wolkenfängerin. Erstens ihre Ausdruckweise und zweitens sie sieht wieder das Positive. Ich hätte ihr soviel über meine Frau erzählen können, aber ausgerechnet diese Geschichte ist mir zuerst eingefallen.

Während ich noch überlege, was ich als Nächstes über meine Frau erzähle, lacht die Wolkenfängerin und fragt mich, ob ich denn jetzt wissen möchte, wer sie freiwillig geheiratet hat. Sie betont das freiwillig und zieht das Wort in die Länge. Vielleicht war es doch nicht ganz so freiwillig, wie sie sagt. Aber ich bin natürlich gespannt. (Mein Opa hätte gesagt: „Gespannt wie ein Flitzebogen mein Junge".)

„Während der Zeit mit meinem angeblichen Traummann hat er nie aufgehört mit mir zu telefonieren oder mir zu schreiben. Er war immer für mich da. Sogar spät nachts haben wir telefoniert. Nie war er unerreichbar oder hatte keine Zeit. Auch als er verheiratet war, war er für mich da. Ja Fitz hatte wirklich diese Krankenschwester geheiratet. Er liebte mich aber ich dachte nur an meinen angeblichen Traummann. So sah er keine Chance für sich. Er war zwar mein Freund, aber er glaubte nicht mehr an ein Mehr für uns beide. Hinzu kam, dass Fitz in L. war und ich in B. Zwei Flugstunden lagen zwischen uns. Eigentlich nicht viel, aber sie trennten uns. Das Fitz unglücklich war und auch eine schwere Zeit hatte, realisierte ich erst viel später. Ich war zu verstrickt in meinem eigenen Unglück.

Fitz hatte diese Krankenschwester, wie mich damals, in einer Diskothek kennen gelernt. Präziser es war die gleiche Disko. Für ihn schien dies ein gutes Ohmen zu sein. Aber auch sie war nur zu Besuch in L. Sie wohnte eigentlich in E. Das war zwar nicht soweit weg wie ich. Trotzdem wurde es für die beiden schwer sich zu treffen. Arbeit und Liebe irgendwie zusammen zu bringen. Zunächst schien alles toll zu laufen.

Fitz stellte die Krankenschwester seiner Familie vor. Seine Mutter und sie verstanden sich auf an hieb. Manchmal war Fitz sogar böse auf seine Mutter. Sie behandelte die Krankenschwester wie eine Tochter. Während sie mit seinen Schwestern über zu kurze Röcke stritt oder zu freizügige Blusen, ließ sie der Krankenschwester vieles durchgehen. Fitz wollte eine eigene Familie. Er beschloss die Kranken-schwester sei die richtige. Er suchte nicht weiter. Erst hatte er mich gefunden und verloren. Jetzt hat-te er sie gefunden.

Sein Heiratsantrag war ziemlich langweilig. Er ging mit ihr in ein chinesisches Restaurant. Vorher hatte er mit dem Chef gesprochen und ihn gebeten einen Ring in einem Stück Kuchen zu verstecken. Zu-nächst aßen sie eine sauer-scharf Suppe, danach sie Hähnchen in süß sauer Sauce. Fitz isst gerne Schweinefleisch. Dann sollte der Kuchen kommen. Der Chef brachte ihn persönlich. Fitz sah der Krankenschwester zu wie sie ihr Stückchen Kuchen aß. Nichts passierte. Am Nachbartisch wurde es plötzlich laut. Eine Frau küsste ihren Mann und schrie fast „Ja". Fitz dachte er wäre in einem schlechten Film, aber er stand auf und ging zu diesem Tisch. Er riss der Frau den Ring aus der Hand und gab ihn der Krankenschwester mit den Worten „den solltest Du finden. Bitte sag ja". Sechs Monate später heirateten sie.

Ich war auch eingeladen und ich flog hin. Mir fiel auf wie dünn Fitz geworden war. Er war nie dick gewesen, aber er hatte so einen süßen kleinen Bauch. Den hatte er jetzt nicht mehr. Aber er sah super aus in seinem Smoking und ich muss zugeben auch diese Krankenschwester sah toll aus in ihrem Kleid. Die Hochzeit gefiel mir weniger. Mir kam es so spießig vor mit Spielchen hier und Spielchen da. Zum Beispiel wurden der Braut und dem Bräutigam die Augen verbunden. Beide wurden auf jeweils einen Stuhl gesetzt. Dann musste die Braut Schlagsahne auf das Gesicht des Bräutigams vertei- len und ihn danach mit einem Schaber die Schlagsahne entfernen. Das nennt sich Rasierspiel. Alle Gäste standen mehr oder minder betrunken und lachend darum herum. Solche Spiele mag ich überhaupt nicht. Aber ich habe mich gut unterhal- ten mit der Mutter von Fitz und seinen Schwestern. Ich konnte nicht lange bleiben. Am nächsten Tag musste ich zurück fliegen.

In der Zeit mit meinem angeblichen Traummann hatte ich oft gefehlt in meinem Laden. Wie hätte ich auch mit blauen Flecken im Gesicht Kinderspielzeug verkaufen sollen. Ich verließ Fitz also wieder einmal. Mein Leben in B. ging weiter.

Aber für Fitz hatte bereits am Vorabend der Hoch- zeit ein Drama begonnen. Geahnt hatte er es schon vorher, darum hatte er auch so abgenommen. Er hatte sich viele Gedanken und Sorgen um die Kran- kenschwester gemacht. Sie wohnte ja in einer anderen Stadt. Am Wochenende war er entweder zu ihr gefahren oder sie zu ihm. Aber irgendwann hatte sie immer etwas vor und kam immer seltener. Er vermute zunächst nichts. Als das aber immer häufiger vorkam, dass sie keine Zeit hatte, sprach er sie darauf an. Sie gestand ihm, dass sie einen anderen Mann kennen gelernt habe. Das sei aber nichts Ernstes. Er glaubte es, weil er es glauben wollte. Die Hochzeit war längst geplant. Er würde sie nicht absagen. Dazu ist Fitz zu stolz. Aber auch sie wollte sie nicht absagen. So heirateten sie also mit dreihundert Gästen. Noch in der Hochzeitsnacht fuhr sie zu ihrem Geliebten. Fitz blieb alleine zurück.

Seine Familie hatte für diese Hochzeit gespart. Das tat ihm unendlich leid. Aber Fitz wollte und konnte die Hochzeit nicht absagen. Er hatte nicht damit gerechnet, dass die Krankenschwester, einmal mit ihm verheiratet, doch zu ihrem Geliebten zurück kehren würde. Aber das tat sie.

Fitz wollte seinen Freunden und seiner Familie entfliehen. Sie durchlöcherten ihn förmlich mit Fragen in den nächsten Wochen. Er rief mich an und fragte, ob er mich besuchen kommen dürfte. In dieser Zeit waren wir wie Geschwister. Ich freute mich auf ihn. Endlich würde ich ihm einmal helfen können. Wir unterhielten uns nächtelang. Es war eine schöne Zeit.

Fitz war immer noch traurig, aber ich schaffte es ihn auf andere Gedanken zu bringen. Wir unternahmen sehr viel. Ich lud ihn in kleine Restaurants ein. Wir gingen ins Kino oder machten lange Spaziergänge. Für die Krankenschwester hatten wir einen Namen gefunden, der uns beide jetzt sogar zum Lachen brachte. Wir nannten sie nur noch die „Horny". Eigentlich mag ich diesen Ausdruck nicht, aber ich finde er hört sich besser an als die deutsche Übersetzung. Die meiste Zeit sprachen wir beide sowieso Englisch.

Während ich arbeitete, ging Fitz nun in die Bibliothek. Er las sehr viel. Abends sahen wir manchmal einfach nur fern. Irgend eine Sitcom. Wir sahen alles, was uns zum Lachen brachte. Nach drei

Wochen musste Fitz zurück. Er wollte seinen Job nicht verlieren. Fitz war Automechaniker. Ich blieb in B. Auch ich hatte ja meinen Beruf.

Wieder in L. beantragte Fitz sofort die Scheidung. Seine Frau war mit allem einverstanden. Er arbeitete und versuchte sein Leben neu aufzubauen. Aber er vermisste mich. Auch ich musste ständig an ihn denken. Die Wochen mit ihm waren schnell vergangen. Es war eine sehr schöne Zeit. Wir waren uns sehr nah. In dieser Zeit haben wir keine Liebe gemacht". (Sie wird wieder rot.) „Wir haben einfach nur die Nähe des anderen gesucht und gefunden. Es folgten wieder nächtelange Telefonate und schließlich weinte ich sehr viel. In meinem Flur hing ein Spiegel. Ich saß davor, hörte Liebeslieder und weinte. Immer wenn ich in den Spiegel sah, weinte ich noch mehr. Eine Veränderung musste her.

Erstmal tat ich dass, was alle Frauen tun. Ich ging zum Friseur. Meine Haare waren zu dem Zeitpunkt lang. Sie sollten ab. Meine Friseuse fragte zur Vorsicht drei Mal nach, aber meine Antwort blieb immer dieselbe. Als ich mich nach diesem Friseurbesuch im Spiegel sah, weinte ich und rief Fitz an. Ich sei für immer entstellt und würde nie wieder aus dem Haus gehen. Auch Fitz hatte begriffen, dass wir etwas unternehmen mussten. Dieser Anruf war für ihn ein Signal.

Er setzte sich in das nächste Flugzeug. Zwei Stunden später stand er vor meiner Tür. Ich war überglücklich aber gleichzeitig schämte ich mich für meine kurzen Haare und meinen Gefühlsausbruch. Er nahm mich einfach nur in die Arme und sagte ich sähe hübsch aus. So würde man viel mehr auf meine Augen achten. Viel später gestand er mir, wie entsetzt er war, als er mich so sah. Er hatte meine langen Haare geliebt. Ich ließ meine Haare wieder wachsen. Und Fitz blieb bei mir in B.

Am nächsten Morgen schon rief er zuerst seine Mutter an und teilte ihr mit, dass er in Deutschland bleiben würde. Danach rief er seinen Chef an und kündigte. Wir lebten wieder wie Geschwister. Keiner von uns wollte den ersten Schritt tun. Ich glaube wir hatten beide angst. Es war eine schwere Zeit.

Fitz hatte kein Geld und er wollte so schnell wie möglich einen Job finden. Sein Deutsch war miserabel. Einen farbigen englischsprachigen Automechaniker wollte keiner. Fitz ist sehr stolz. Es kostete ihn sehr viel Überwindung von meinem Geld zu leben.

Es war einer dieser Tage an denen er am Abend zutiefst verstört nach Hause kam. Er wollte unbedingt arbeiten aber niemand gab ihm eine Chance. An diesem Abend wollte ich ihn einfach nur trösten. Aber Fitz nahm mich auf seine starken Arme und trug mich in unser Schlafzimmer. Er küsste und streichelte mich und schließlich schliefen wir miteinander". Sie sieht verträumt an die Decke und dies Mal wird sie nicht rot. „Ich erzählte noch in dieser Nacht Fitz, dass mein angeblicher Traummann behauptet hatte, dass ich keine Frau für das Bett sei. Fitz lachte nur und sagte. „Baby it takes two." In dieser Nacht schenkte er mir ein Lied. Es spielte im Radio und er sagte: "Das bist Du und Du wirst es immer für mich sein. Three times a Lady."

Nach dieser Nacht wurde alles anders. Fitz flog noch einmal nach L. Er lieh sich von seiner Familie Geld und kam nach B. zurück. Er besuchte die Abendschule und lernte Deutsch. In seiner Klasse waren viele unterschiedliche Schüler. Sie kamen aus vielen verschiedenen Ländern und natürlich waren auch farbige Schüler darunter. Fitz fühlt sich mehr zu ihnen hingezogen, als zu den weißen Schülern. Manchmal, wenn ich ihn ärgern wollte, beschimpfte ich ihn als Rassist. Er hatte wieder Mut und viele Ideen. Wir hatten zwar immer noch kein Geld aber es ging uns gut und wir hatten uns.

Eines Abends zog Fitz den Deckel einer Cola Dose ab und steckte ihn an meine linke Hand. Er sagte auf Deutsch. „Baby ich will Dich und ich dulde keine Widerrede". Es klang total süß, weil er das Wort Widerrede kaum aussprechen konnte. Er musste tagelang geübt haben. Ich konnte nicht anders, ich musste lachen. Fitz war total enttäuscht, er dachte ich würde nein sagen. Heute noch hält er mir vor, dass andere Frauen ja sagen und nicht lachen. Aber ich musste damals lachen, ich kämpfte sogar mit den Tränen. Natürlich wollte ich ihn heiraten, denn er war kein Traummann. Fitz war real.

Es war eine kleine Feier. Wir wollten alleine feiern. Schließlich war ich bei seiner ersten Hochzeit mit allerlei Spielchen und dreihundert Gästen. Spielchen gab es genug in meinem Leben. Ich wollte Fitz und nur ihn. Also gingen wir einfach nur zum Standesamt mit unseren Trauzeugen. Etwas Besonderes sollte es schon sein, daher suchten wir uns ein Standesamt in einem Vorort von B. aus. Eine kleine richtige alte Villa. Hinterher gingen wir mit unseren Trauzeugen essen. Es war schlicht, elegant und schön.

In seiner Schulzeit hatte Fitz einen besonderen Freund, der jetzt auch in B. wohnte und mit dem machte er einige Monate später eine Autowerkstatt auf. Seltsamerweise hieß dieser Freund Roy. Sie arbeiteten viel um das Unternehmen aufzubauen. Wenn ich wieder mal eifersüchtig war, weil Fitz keine Zeit hatte, nannte ich ihn Fitz Roy. Er lachte dann nur und sagte: „It takes two Baby". Das machte mich natürlich noch wütender, weil es eine Anspielung an meinen Ex-Traummann war. Aber wenn Fitz mich dann in seine starken Arme nahm und in das Schlafzimmer trug, konnte ich ihm nicht widerstehen. Ich habe ihnen schon erzählt, dass Fitz und ich Kinder wollten und dass es nicht geklappt hat, aber unsere Beziehung ist dadurch nur noch tiefer geworden. Sie hat vieles überstanden.

Mein Bruder hat einmal zu mir gesagt: „Wir werden älter und die Menschen um uns herum werden sterben. Wir müssen uns daran gewöhnen". Ich glaube nicht, dass ich mich jemals daran gewöhnen kann". Jetzt weint sie und ich denke: Oh Gott, es muss etwas sehr schlimmes passiert sein. Kann es noch schlimmer sein, als was sie bisher schon preis gegeben hat? An diesem Punkt schwieg ich und wartete bis sie sich beruhigt hatte. Ich hielt es für das Beste. Wenn sie weiter erzählen wollen würde, würde sie es tun. Das wusste ich.

Sie hörte auf zu weinen aber sie sprach für eine Weile nicht weiter. Meine Frau behauptet, dass ich eine wandelnde Zitatensammlung sei. Stimmt! Sie hat Recht. Ich liebe gute Sprüche. Und jetzt suche ich nach einem. Etwas, was den Augen meiner Wolkenfängerin, wieder diesen träumerischen und romantischen Blick verleiht.

Wie wäre es mit: Frauen lieben die einfachen Dinge des Lebens, zum Beispiel Männer. Oder? Die Schönheit brauchen die Frauen, damit die Männer sie lieben und die Dummheit, damit sie die Männer lieben. Oder? Liebe mich nicht nur, wenn ich es verdiene, sondern liebe mich auch, wenn ich es am wenigstens verdiene, denn dann brauche ich es am meisten. Oder?

Es stimmt. Ich bin ein wandelndes Zitatenbuch. Aber leider nur wandelnd nicht schnell laufend, sonst würden mir nämlich meine Sprüche zur richtigen Zeit einfallen. Und ich würde jetzt nicht schweigen. Mir fällt tatsächlich kein passender Spruch ein. Meine Frau würde jetzt sagen: "Eins zu Null für mich". Wir haben so etwas wie einen Wettstreit. Wer von uns einen guten Spruch parat hat, bekommt einen Punkt. Sie verliert fast immer.

Die Wolkenfängerin hat sich gefangen und ihre Augen bekommen wieder diesen entfernten träumerischen romantischen Ausdruck. „Wissen Sie was Liebe ist"? fragt sie mich doch glatt. Ich verliere für einen Moment jegliche Fassung. Fragen Sie meine Frau. Das passiert mir fast nie.

Ich muss darüber nachdenken. Wenn meine Frau zu mir sagt: „Ich liebe Dich" dann antworte ich „Me too". Warum?

Meine Frau liebt den Film "Ghost – Nachricht von Sam". Das ist eine bittersüße Romanze. Der Held des Films stirbt. Er darf aber solange auf der Erde bleiben, bis er seinen Mord aufgeklärt hat. Aber er ist ein Geist und seine Freundin kann ihn nicht sehen oder hören. Logischerweise ist sie sehr traurig. Erst als er ein Medium findet, wird es für beide leichter. Er füttert das Medium mit Informationen, die nur er und seine Freundin wissen können. Zunächst glaubt sie dem Medium nicht. Aber als das

Medium, nennen wir sie Gloria, seine Freundin etwas fragt, geschieht es. Also Gloria fragt sie: „Was sagte Sam zu Ihnen, wenn Sie zu ihm sagten, ich liebe Dich? Halt antworten Sie nicht. Ich frage Sam. Er ist hier. Ich spüre ihn. Er wird die Frage beantworten. Sam hören Sie mich? Antworten Sie mir und ich werde es ihr sagen. Sam?" An dieser Stelle ist es zunächst still.

Wir Zuschauer sehen Sam. Wir sehen wie verzweifelt er ist. Er möchte seine Freundin umarmen und küssen. Aber er ist unsichtbar für das Medium und für seine Freundin. Wir Zuschauer haben das große Glück, dass wir ihn sehen können. Sonst wäre ich schon beim ersten Ansehen des Filmes verzweifelt gewesen. Da ich allerdings das Vergnügen hatte, diesen Film mit meiner Frau schon gefühlte neunundneunzig Mal zu sehen, kann ich den Text schon fast mitsprechen. Also hoffentlich habe ich hier keinen Fehler gemacht, denn dann wäre meine Frau wirklich enttäuscht.

Aber zurück zum Film: Gloria hört ihn „Dito" sagen. Jedes Mal weint meine Frau, wenn Gloria „Dito" haucht. Die Freundin von Sam weiß jetzt, dass Sam noch da ist. Mit Hilfe der beiden löst er seinen Mord. Sein bester Freund hatte ihn verraten. Nach dem Sam den Fall geklärt hat, muss er aber diese Welt verlassen. Er wird ein Engel. Es kommt darauf an in welcher Verfassung ich bin, aber neulich als wir den Film gesehen haben, hatte ich doch tatsächlich Tränen in den Augen. Meine Frau erwischte mich prompt. Sie lachte über mich. Aber mich hatte diese Szene gerührt. Sie werden wissen wollen, in welcher Verfassung ich war? Nun, es war einer dieser Tage, an denen alles schief läuft. An diesen Tagen dürfen auch Männer weinen. Oder?

Jedenfalls das Wort „Dito" kennen nur Sam und seine Freundin. Das fasziniert meine Frau. Ich würde es einfallslos finden, wenn ich das gleiche Wort benutzen würde. Außerdem ich glaube, dass ich mich mag. Oder besser ausgedrückt, ich bin überzeugt von mir. Daher erschien mir dieses „Me too" passender. Das wissen nur wir beide meine Frau und ich. Ist das Liebe?

Ich werde allerdings meiner Frau nie den Gefallen tun und ihr als Geist erscheinen. Das hoffe ich zumindest. Man weiß ja nie. Manche übernatürliche Dinge lassen sich wirklich nicht erklären. Auch von mir nicht. Aber davon später mehr.

„Liebe" sagt die Wolkenfängerin nun „bedeutet für mich, eine Person so zu mögen wie sie ist. Die Eigenschaften eines Menschen so zu akzeptieren wie sie sind. Nicht zu versuchen einen Menschen zu ändern. Aber jetzt philosophiere ich. Das wäre meinem Bruder nur bedingt recht. Probleme gab es für meinen Bruder nicht. Nur Lösungen. Wenn mich etwas bedrückte und ich mir die Dinge mal wieder in den schwärzesten Farben ausmalte, sagte mein Bruder immer: „ Mach Dich bitte nicht verrückt. Schritt für Schritt. Du weißt doch gar nicht, ob das alles so passieren wird. Schreib Dir alles was dafür spricht auf. Danach schreibst Du Dir alles, was dagegen spricht auf und dann lösen wir zusammen alles auf. Schritt für Schritt. Nicht gleich auf den Berg hetzen und das schlimmste befürchten".

Er war ein gutaussehender Mann. Das auffälligste an ihm waren seine blauen Augen und ein besonderes Lächeln. So ein gewisses charmantes Etwas umgab in immer und in jeder Situation. Es gab nur wenige Menschen, die ihm widerstehen konnten. Er hatte viele Freunde. Auf einer seiner Parties sagte ich ihm wie sehr ich ihn beneidete.

Er war so klug. Er hatte eine tolle Frau. Seine Karriere ging steil bergauf. Er hatte eine superschicke Wohnung. Ich wollte ihm nichts davon wegnehmen. Ganz im Gegenteil! Ich war sehr stolz auf ihn. Aber ich wollte das Alles auch für mich.

Damals wurde mein Bruder sehr traurig und sagte: „Du siehst doch nur den äußeren Schein. Wie sehr ich um alles kämpfen musste, das weißt Du doch. Außerdem bin ich viel zu klein. Alle meine Freunde waren und sind größer als ich" und er weinte. Ich habe mich so geschämt. Wir redeten noch lange in dieser Nacht. Die Gäste waren bereits in ihren eigenen superschicken Wohnungen. Meine Schwägerin hatte alleine aufgeräumt und sich schlafen gelegt. Ich glaube sie war ein wenig böse auf uns beide. Sie arbeitete und wir verbesserten mal wieder die Welt.

Wir gingen in dieser Nacht, die von mir ach so toll geglaubten Menschen durch. Mein Bruder zeigte mir bei jedem so einige Dinge auf. Einer wollte unbedingt Kinder haben, aber seine Frau nicht. Ein anderer wiederum versuchte seit Jahren Karriere zu machen, aber es gelang ihm nicht und er drohte daran zu zerbrechen. Der nächste hatte eine Frau, die ihm befahl und er gehorchte. Warum wusste keiner. Sie war nicht mal hübsch und auch nicht gepflegt. Eine Frau muss nicht aussehen wie Heidi Klum oder eine Figur wie Jennifer Lopez haben. Ein wenig Make up und Ausstrahlung reichen für mich. Wenn noch passende Kleidung, (Sie trägt bauchfreie Tops, die ihren dicken Bauch auch noch besonders betonen.) dazu kommt und vielleicht ein Lächeln, dann gewinnt jede Frau. Nach dieser Nacht beneidete ich keinen der Freunde mehr wirklich.

Am nächsten Morgen brachte mein Bruder mich alleine zum Zug. Meine Schwägerin war immer noch böse auf uns. Wir waren beide noch müde von der langen Nacht. Aber mein Bruder lud mich nicht nur am Bahnhof aus, sondern er brachte mich zum Gleis und kam noch mit in den Waggon. Er verstaute meine Tasche und sah mich mit diesen unglaublichen wasserblauen Augen an. An diesem Morgen blickte er mich traurig an. Es hat ihn immer sehr belastet, wenn ich mich klein gemacht habe. Für ihn war ich etwas ganz besonderes. In dieser Nacht hatte ich mal wieder alle toll gefunden und beneidet und meinen eigenen Wert wie immer vergessen. Manchmal machte ihn das wütend aber immer traurig. An diesem Morgen war er traurig und sagte: „Komm gut nach Hause. Ich denke an Dich". Am meisten habe ich an ihm seinen unerschütterlichen Glauben an mich geliebt.

Manchmal habe ich extrem dumme Sachen gemacht. Stellen Sie sich vor, ich träumte mal von einer Modell Karriere. Es gab da so eine Zeitung. Sie veröffentlichte Fotos vom schönen Mädchen von nebenan. Ich bewarb mich und erhielt sofort eine Zusage. An zwei Tagen wurde ich fotografiert im einfachen Jogginganzug, im schicken Kostüm, in schlichten Jeans. Aber das war natürlich nicht alles. Ein paar sehr schöne und erotische Fotos, wo man den BH unter der Bluse sehen konnte, waren auch dabei. (Sie wird wieder rot. Ach wie süß, denke ich.)

Der Fotograf war unheimlich nett und gab sich alle Mühe mir zu helfen. Ich glaube, ich war nicht sehr begabt. Sollte ich lächeln, sollte ich nett in die

Kamera gucken oder ein paar Schritte nach links gehen. Ich machte alles falsch. Aber der Fotograf blieb immer ruhig und nett. Am zweiten Tag sagte er irgendwann: „Zieh doch mal den BH und Slip aus und dann zieh nur eine Bluse an". Er war so nett zu mir gewesen, also tat ich es. „Du könntest mir noch einen Gefallen tun. Mach jetzt die Bluse einfach mal auf. Dies Foto ist nur für mich" schmeichelte er mir. Ich habe ihm geglaubt.

In der nächsten Woche prangte dieses Foto auf einer Doppelseite in der Zeitung. (Jetzt hat ihr Gesicht wieder diese gewisse Tomaten Reife.) Meine Eltern wollten nicht mehr mit mir reden. Ich hatte sogar Hausverbot bei ihnen. Aber mein Bruder war nicht böse auf mich. Er sagte nur: „Du glaubst immer an das Gute im Menschen. Es tut mir so leid, dass Du mal wieder enttäuscht wurdest". So war mein Bruder. Wir haben uns fast immer alles erzählt. Nur einmal hat er mir etwas verschwiegen.

Als sich das herausstellte, war ich so wahnsinnig enttäuscht von ihm und schrie ihn an: "Jetzt habe ich keinen Bruder mehr". Wir haben uns wieder vertragen, wie wir uns immer wieder vertragen haben, wenn wir verschiedener Meinung waren. Aber ich habe es so sehr bereut, als mein Bruder tot war. Alles hätte ich getan um diese verletzenden Worte zurück zu nehmen. Aber ich kann nichts zurück nehmen. Alles was ich gesagt habe, habe ich gesagt und es gemeint in diesem einen Moment. Aber seit dem versuche ich versöhnliche Gespräche zu führen und mich nicht im Streit zu trennen.

Mein Bruder war für mich Vater, Freund und Beschützer in einer Person. Er war mein Bruder und ich dachte, dass wir zusammen alt werden würden.

Ich glaubte, dass er immer für mich da sein würde und plötzlich war er nicht mehr da.

Uns verband eine gemeinsame Kindheit. Aber das war nicht alles. Manchmal denke ich, dass wir ein wenig wie Zwillinge waren. Wenn ein Tag ziemlich mies gelaufen war, klingelte am Abend das Telefon. Mein Bruder konnte selbst telefonisch alle Tränen trocknen.

Es waren viele Dinge, die ihn auszeichneten. Am Meisten war ich von seiner Liebe beeindruckt und von seinem Charme im Umgang mit Menschen. Egal ob es eine Putzfrau war oder ein Vorstandsvorsitzender; er behandelte alle mit der gleichen Freundlichkeit und Fröhlichkeit. Es war unmöglich seinem gewinnenden Lächeln und seiner ehrlichen offenen Art zu widerstehen.

Mein Bruder starb an einem Sonntag. Es ist seltsam an was man sich erinnert. Der letzte Satz, den er zu mir sagte, lautete: „Wir kochen das Wasser aus dem Gulasch". Er hatte angerufen um Fitz und mir zum Hochzeitstag zu gratulieren. Bei ihm und seiner Frau waren Freunde zu Besuch und die Männer kochten. Das war am Samstag. Darauf sollte ein Sonntag folgen und dieser Sonntag fing sehr schön an.

Es war Frühling und traumhaftes Wetter. Die ersten Sonnenstrahlen kitzelten die blassen Nasen der Menschen, die gierig ihre Gesichter der Sonne entgegen hielten. Der Winter war so lang und so kalt. Und nun schien zum ersten Mal die Sonne. Fitz und ich beschlossen spazieren zu gehen. Es gab da einen kleinen ganz romantschen See ganz in unserer Nähe. Da wollten wir hin.

Auf einmal klingelte mein Handy. Meine Mutter schrie mich an. Mein Bruder sei tot. Nun wüssten sie nicht, wie sie (Sie meinte meinen Vater und sich.) da hin kommen sollten. Sie stand sichtlich unter Schock. Was diese Worte in mir bewirkten, interessierte sie nicht. Sie schluchzte nur noch in das Telefon und legte auf. Fitz sah das Entsetzen in meinen Augen und fragte nur: "Was ist denn passiert, Baby?". Ich antwortete nur: „Mein Bruder ist tot."

Fitz stoppte und fuhr unseren Wagen auf einen nahe gelegen Parkplatz. Ich weinte zunächst hemmungslos. Seit meinem siebzehnten Lebensjahr hatte ich Angst gehabt, dass meinem Bruder etwas passieren könnte.

Damals hatten mein Bruder und sein Freund einen schweren Mopedunfall. Der Arzt sagte: „Wir wissen nicht, ob er seine linke Hand jemals wieder bewegen kann und sein linkes Bein wird vielleicht versteift werden müssen". Ich habe so geweint. Aber er lebte und er erholte sich. Für sein Bein bekam er neue teure Spritzen. Es blieb nur eine schrecklich lange Narbe. Auch seine Hand konnte er wieder normal bewegen. An kalten Tagen taten ihm manchmal seine Gelenke weh. Mehr nicht.

Aus dem Mofa wurde ein Motorrad. Und noch ein neues Motorrad. Aber er hat so viele Fahrertrainings gemacht. Irgendwann hatte ich keine Angst mehr. Selbst wenn er erzählte, dass er mit zweihundert Stunden Kilometern auf der Autobahn fror und vor lauter Kälte anfing zu singen. Er konnte Motorrad fahren.

Aber an diesem Sonntagmorgen fuhr er nicht schnell. Er war mit einem Freund unterwegs. Einem Motorrad Neuling sozusagen. Mein Bruder fuhr also in angepasster Fahrweise gerade mal siebzig Stunden Kilometer. Es war eine gerade Straße mit nur einem Baum. Nur ein einziger Baum, an einer ganz geraden Straße. An diesen Baum fuhr mein Bruder. Er war sofort tot. Der Freund stand unter Schock. Er hat einen Notarzt gerufen. Aber es war zu spät. Die Frage nach dem Warum? wird mich immer beschäftigen. Langsame Fahrweise und nur ein einziger Baum an der gesamten schnurrgeraden Straße.

Fitz nahm mich in seine Arme und streichelte meinen Rücken. Er sagte nichts. Irgendwann sah ich in sein Gesicht und sah auch ihn weinen. Er hat meinen Bruder sehr gemocht. Obwohl die beiden so unterschiedlich waren. Mein Bruder so „out going" würde Fitz sagen. Ja und Fitz, er ist der ruhige, schweigsame Begleiter. Damals rauchte ich. Natürlich griff ich auch in dieser Situation zu einer Zigarette.

Eine Frau erschien aus dem Nichts und fragte mich ob ich denn das Nichtraucher Schild nicht gelesen habe. Ich schrie sie förmlich an, dass mich dieses Schild sonst wohin könne. Mein Bruder sei tot. Sie sah sich nur um und verschwand wieder. Ihren Blick, kalt, sogar gefühllos, werde ich nie vergessen. Das ich rauchte neben einem Nichtraucher Schild, dass hatte sie bemerkt und interessiert. Aber wie es mir geht oder ob sie helfen könne, das fragte sie nicht".

Manche Menschen sind so, wollte ich gerade antworten, aber die Wolkenfängerin spricht schon weiter. „ Rauchen hat mir früher geholfen. Ich bildete mir ein, dass es Stress abbauen würde. In dieser

Situation dachte ich als erstes an meine Schwägerin. Ich musste sie anrufen, weil ich nicht glauben konnte, dass mein Bruder wirklich tot sein sollte. Die Mutter meiner Schwägerin meldete sich am Telefon. Meine Schwägerin stand unter Schock und hatte sich hingelegt. Aber es war die Wahrheit. Mein Bruder war tot. Und ich war siebenhundert Kilometer weit weg.

Wir hätten umkehren und nach Hause fahren können. Aber Fitz tat wie immer das einzig richtige. Er fuhr mit mir an diesen kleinen See. Dann bugsierte er mich irgendwie aus dem Auto. Ich weiß nicht mehr wie viele Male wir diesen See umrundet haben. Wir liefen immer wieder herum. Wir blieben stehen und weinten. Dann küssten wir uns und wieder weinten wir. Fitz hielt die ganze Zeit meine Hand. Die Menschen um uns herum nahmen wir nicht wahr. Ich fühlte mich wie unter einer riesigen Glocke, die mich von allen anderen Menschen abschirmte. Die Sonne schien nicht mehr. Schließlich fuhren wir nach Hause.

Ich versuchte noch einmal meine Schwägerin zu erreichen. Wir sagten beide Etwas. Was weiß ich nicht mehr. Danach konnte ich gar nichts mehr sagen. Fitz wollte mich ablenken und schaltete den Fernseher ein. Sonntagabends läuft eine Sendung, die ich über Jahre sehr gerne gesehen habe. Aber ich sah nur auf den Bildschirm, weinte, hörte auf zu weinen und weinte wieder.

Ich hatte gedacht, dass mein Bruder immer da sein würde für mich und nun war er für immer weg. Ich konnte diesen Gedanken nicht ertragen. Männer waren in meinen Leben gekommen und gegangen, Ich hatte und habe Angst, dass auch Fitz eines

Tages gehen wird. Aber meinen Bruder und seine Liebe zu mir, ihn würde ich nie verlieren. Darauf hatte ich immer vertraut. Ich hatte gewusst, nein geschworen, dass er mich nie verlassen würde. Er würde mich immer beschützen, so wie er es immer getan hatte. Jetzt war er weg, auf einmal und für immer.

Mein Bruder und ich hatten sehr viele gemeinsame Freunde sogar noch aus Kindheitstagen. Aber in den nächsten Tagen rief zunächst niemand an. Erst am Mittwoch rief der selbsternannte beste Freund meines Bruders an. Zunächst fragte er mich wie es mir geht. Ich versuchte ihm unter Tränen, diese Mischung aus Wut und Trauer, zu erklären. Er unterbrach mich nicht. Als ich endete, sagte er etwas was ich nie vergessen werde und ihm auch nie in meinem Leben verzeihen werde. Ein Teil von mir möchte ihm verzeihen, aber ich kann es nicht.

Die Beerdigung meines Bruders sollte am Samstag sein. Am Freitag wollten Fitz und ich zu meiner Schwägerin fahren. An diesem Mittwochabend sagte dieser Freund zu mir: „Du darfst auf der Beerdigung nicht weinen, das ist Ps Angelegenheit. Du bist nur seine Schwester nicht seine Frau". Fitz war nicht zu Hause. Ich legte den Hörer auf und wusste nicht was ich denken sollte. Mein Bruder hatte mir soviel bedeutet. Ich weinte und war völlig verstört als Fitz nach Hause kam. „Was bildet sich dieser Typ denn ein" rief Fitz unentwegt und ich weinte.

Am nächsten Tag hatte ich einen Psychiater Termin. Es sollte eigentlich meine letzte Sitzung sein. Mein Arzt war der Meinung, dass ich meine Kindheit genügend verarbeitet hätte. Aber jetzt brauchte ich ihn weiter. Er war ein hervorragender Arzt. Ich vertraute ihm total. „Ob Sie nun weinen oder nicht. Den Menschen können Sie es sowieso nicht recht machen" sagte er und fuhr fort: „Tun Sie das wonach Sie sich fühlen, weinen Sie, wenn Sie es möchten oder weinen Sie nicht, wenn Sie es nicht möchten. Aber lassen Sie sich nicht beeinflussen".

Ich weinte nicht. Aber ich ließ mich auch von niemandem anfassen oder umarmen. Meinen Vater irritierte das und auch einige Verwandte, die mich umarmen wollten. Aber seit diesem Tag lasse ich mich nicht sehr gerne von Menschen anfassen oder umarmen. Wenn jemand zu nah an mich heran kommt, weiche ich unweigerlich zurück. Nur Fitz erlaubte ich meine Hand zu halten. Und er ließ sie, die ganze Zeit an diesem Tag, nicht los.

Übrigens der selbsternannte beste Freund hat mich nie wieder angerufen. Ich denke oft warum? Müsste er als bester Freund sich nicht um die Schwester des besten Freundes kümmern? Aber ich sehe ihn oft von weitem auf dem Friedhof beim Grab meines Bruders stehen. „Sind Tote wichtiger als lebende"? würde ich ihn gerne anschreien. Aber das tue ich nicht. Ich war nur einmal auf dem Friedhof bei der Beerdigung danach nie wieder. Und ich will diesen Friedhof auch nie wieder betreten. Auch keiner der anderen Freunde hat mich bis heute angerufen oder besucht. Wir kennen uns seit Kindertagen und sehen uns ab und zu auf Parties. Oder ich sehe von weitem wie sie vor dem Grab meines Bruders stehen. Manchmal frage ich mich, woran das liegt. Bin ich wirklich so anders? Ich provoziere sehr gerne, das stimmt.

Aber meistens nur durch Make up, Haare oder Kleidung. Zu der Beerdigung trug ich einen langen schwarzen Rock mit einem Schlitz hinten. Ich hörte wie einige der Leute hinter mir tuschelten, das sei doch kein Rock für eine Beerdigung. Ist das ein Thema, wenn ein Mensch gestorben ist. Nicht mehr da für immer? Du kannst seine Stimme nie wieder hören. Du kannst ihn nie wieder in den Arm nehmen, nie wieder küssen, nie wieder streiten, nie wieder versöhnen, nie wieder kuscheln, nie wieder zusammen träumen. Nichts kannst Du zurück nehmen, nichts kannst Du mehr sagen. Es ist vorbei für immer.

Mein Bruder starb an einem Sonntag. Bereits am nächsten Tag wollte ich wieder arbeiten. Nicht daran denken. Ich wollte und musste mich unbedingt ablenken. Ich schaffte es mich zu schminken, anzuziehen und bis zur Bushaltestelle. Wie unter einer großen Glocke fühlte ich mich, irgendwie abgetrennt von dieser Welt. Da ich keinen Fahrschein hatte, bat ich den Fahrer höflich um einen. Er schnauzte etwas, das so klang wie er könne nicht wechseln. Ich schrie los: „Ich habe kein Kleingeld, mein Bruder ist tot." Alle Fahrgäste im Bus schwiegen betreten und sahen mich an. Zum ersten Mal an diesem Tag hatte ich Tränen in den Augen. Ob ich nun einen Fahrschein bekam oder nicht, weiß ich nicht mehr.

Während ich zu meinem Laden ging, dachte ich nur „Mein Gott, warum hast Du mich verlassen". Ich war böse auf Gott, der mir meinen Bruder genommen hatte. Mein ganzes Leben war ich in die Kirche gegangen, hatte gebetet und gebetet. Warum tat mir Gott das an, fragte ich mich. Erst im Laden merkte ich, dass ich meine Kette mit einem kleinen Kreuz verloren hatte. Sie musste mir weg gefallen sein, als ich mit Gott haderte. Fitz schenkte mir später eine neue Kette mit einem Kreuz. Das Kreuz ist ein wenig größer. Diese Kette habe ich niemals abgenommen. Ich habe sehr viel Schmuck, aber ich trage nur diese eine Kette.

Es war noch niemand im Geschäft. Meine Kolleginnen kamen sowieso immer viel später als ich. Also kochte ich erst einmal Kaffee. Der lief gerade durch als unsere Auszubildende eintraf. Sie sah mich nur an. Ich sah das Erschrecken in ihren Augen, während sie sagte: „Oh Gott, was ist passiert?" „Mein Bruder ist tot". Nur diesen einen Satz sagte ich. Ich weinte noch nicht. Unsere Auszubildende hatte einen kleinen Bruder. Um den kümmerte sie sich seit der Scheidung ihrer Eltern. Wahrscheinlich dachte sie an ihren Bruder und was sein Verlust für sie bedeuten würde. Dann weinte sie. Wir weinten beide als meine anderen Kollegen eintrafen. Entsetzt und fassungslos blickten sie uns an.

Ich konnte nichts sagen, aber die Auszubildende D. antwortete für mich. „Ihr Bruder ist tot". Was sagt man in solchen Situationen, frage ich mich auch heute noch. Helfen Worte, wenn ja, welche? Meistens sage ich: „Es tut mir so leid für Dich oder Sie und ich denke an Dich oder Sie". Meine Kolleginnen sagten so was wohl auch. Ich weiß es nicht mehr.

Um neun Uhr schlossen wir pünktlich unseren Laden auf und ich bediente sogar Kunden. In dieser ersten Woche versuchte ich solange wie möglich zu arbeiten. Aber meistens konnte ich nachmittags nicht mehr. Dann saß ich hinten im Büro und weinte. Eine meiner Kolleginnen brachte mich dann nach Hause. Sie waren alle sehr verständnisvoll.

In allen Situationen haben sie mir geholfen. Einmal konnten sie sich nicht entscheiden, was sie denn zu Mittag essen sollten. Eine Diskussion mit nicht enden wollenden Sätzen begann. Sollte man Salat essen, was ja gesund ist oder doch lieber Würstchen oder vielleicht was leckeres vom Chinesen. Ich schrie sie an: "Entscheidet Euch gefälligst! Mein Bruder kann nie wieder etwas essen." Es folgte Schweigen und alle sahen mich an. Ich rannte nach hinten in das Büro und weinte. Es tat mir so leid, aber ich konnte nicht anders. Es war Trauer und Wut.

Wenn ich aus dem Geschäft ging um ein wenig spazieren zu gehen, begleitete mich immer eine Kollegin. Sie wollten nicht, dass ich alleine war. An einem Tag gingen wir (eine Kollegin und ich) durch die Straßen. Wir kamen zu einer Ampel Kreuzung und mussten warten. Auf einmal sah ich eine Gruppe von Bankangestellten auf uns zukommen. Sie waren alle in super schicken Anzügen und trugen modische Schuhe. Ich sah die Männer aber ich sah auch meinen Bruder vor mir. Er stand da in einem super schicken Anzug und lächelte mich an. Sofort fing ich an zu weinen mitten in der Stadt an einer Ampel. Meine Kollegin stand einfach neben mir und schwieg. Aber sie war da.

Bis nachmittags konnte ich mich ganz gut auf die Arbeit konzentrieren. Von meinen langjährigen Kunden bemerkte niemand etwas. Nur eine Kundin sah mir in die Augen und sagte: „Sie haben doch was?" Sie ließ nicht locker und schließlich sagte ich ihr dass mein Bruder gestorben sei. Sie nahm meine Hand und sagte: „Es tut mir so leid für Sie".

In der ersten Woche nach dem Tod meines Bruders hatten wir auch Besuch von unseren beiden obersten Chefs. Ich hatte so gar keine Lust, mir wie immer, unsere angeblich schlechten Verkaufszahlen um die Ohren schlagen zu lassen. Die interessierten mich im Moment überhaupt nicht. Würden sie ein wenig Menschlichkeit zeigen? Weit gefehlt. Beide wussten wie ich mich fühlte. Weder der eine noch der andere fanden ein paar Worte für mich. Nein, sie schwiegen und es wurde nur über unsere Verkaufszahlen gesprochen. Ich finde es sehr traurig, dass hoch bezahlte Führungskräfte nicht in der Lage sind, menschliche Nähe zu zeigen.

Diese konnte man ihnen allerdings nicht bei Weihnachtsfeiern absprechen. Dann nämlich, wenn sie mit den weiblichen Auszubildenden flirteten. Deren Namen kannten sie sogar. Bei den älteren Mitarbeitern mussten sie auf eine Liste schauen, während sie im Laden standen.

Wie gesagt bis nachmittags klappte das Arbeiten halbwegs gut. Wenn ich nicht mehr konnte, brachte mich immer eine von meinen Kolleginnen nach Hause.

Fitz war dann noch nicht da. Meistens ging ich sofort in unser Schlafzimmer und legte mich einfach auf unser Bett und weinte. Mein Bruder starb an einem Sonntag. Am Montag darauf arbeitete ich aber nur bis drei Uhr. Dann versteckte ich mich im Büro und brach in Tränen aus. Als meine Kollegin mich fand, brachte sie mich sofort nach Hause.

Ich legte mich in unser Bett und weinte. Da ich die Tür nicht geschlossen hatte, konnte ich im Flur die vielen Sonnenstrahlen erkennen. Sie zogen mich magisch auf unseren Balkon. Ich schleppte mich also hinaus in die Sonne und das Licht. Ich setzte mich nicht auf einen Stuhl sondern einfach auf den Boden. Die Beine hatte ich angewinkelt und sah zunächst unter Tränen auf den Balkonboden. Die Sonne blinzelte auf mich herab und ich sah hoch. Der Himmel war so blau. Wunderschön sah es aus. Ich war so traurig. Mein Bruder war tot und die Sonne schien.

Sollte es nicht regnen und grau in grau sein? Während ich mir diese Frage stellte, sah ich erneut in den Himmel. Er hatte seine Farbe nicht verändert und es hatte auch nicht angefangen zu regnen. Nein, am Himmel war eine einzige Wolke. Diese Wolke hatte die Form eines Herzens. Ich hatte das Gefühl mein Bruder malt ein Zeichen an den Himmel, damit ich nicht so traurig bin. Er fühlte, was ich fühlte und das berührte ihn um ein vielfaches. Später sagte ich mir, dass ich die Wolke hätte fotografieren sollen, damit man mir glaubt. Aber ich tat es nicht. Ich war einfach nur fasziniert und hatte das Gefühl, das mein Bruder mir immer noch nah ist und immer sein wird".

Sie fragt mich nicht, was ich von der Wolke halte. Oder ob ich ihr glaube, dass sie tatsächlich diese Wolke gesehen hat. Aber ich glaube, dass es Dinge gibt, die wir nicht mit Physik oder Chemie oder auch nur mit unserem Verstand erklären können. Vielleicht gab es diese Wolke wirklich?

Während ich in Gedanken versinke, spricht sie weiter. „Als Fitz nach Hause kam, weinte ich allerdings schon wieder. Er fand mich so in unserem Schlafzimmer. Ich erzählte ihm von der Wolke. Er glaubte mir. Aber er hält es für ein Wunder der Natur. Ich habe es noch niemanden erzählt. Die meisten Menschen würden mich für verrückt halten. Ich sehe auch heute noch gerne den Wolken am Himmel zu. Eine solche Wolke habe ich allerdings nie wieder gesehen.

Ohne Fitz hätte ich diese Zeit nicht überstanden. An einem Tag fuhren wir im Auto von A nach B. Im Radio hörte ich das Lied aus Titanic „My heart will go on". Sofort brach ich in Tränen aus und fragte Fitz: „Wann tut es nicht mehr so weh". Er antwortete: „Es wird immer weh tun. Aber mit der Zeit wird es nicht mehr so weh tun".

„Es tut noch immer weh. Ich habe viel darüber nachgedacht, welche Fehler ich gemacht habe. Was ich ihm nicht gesagt habe und so gerne noch sagen würde. Ich wäre so gerne mit ihm verreist nach New York oder Südafrika oder einfach nur in den Harz. Aber entweder hatten wir kein Geld oder keine Zeit. Es wird auch immer weh tun. Aber eines hat mir immer geholfen. Ich habe das Gefühl, dass mein Bruder in meinem Herzen weiterlebt. Menschen, die wirklich geliebt werden, verlassen uns nicht wirklich.

Für Fitz war es keine einfache Zeit. Auf der einen Seite hatte er mit meiner Trauer zu tun. Er wollte mir unbedingt helfen. Nächtelang weinte ich und stellte immer wieder die Frage nach dem Warum? Aber es kam auch seine Trauer hinzu. Er hatte sich gut mit meinem Bruder verstanden. Die beiden ergänzten sich perfekt. Mein Bruder, der charmante hübsche blonde und Fitz, der ruhige farbige. Ich glaube die beiden verband auch ihrer beider Liebe zu mir. Aber das war nicht der einzige Grund. Sie respektieren ihre gegenseitige Andersartigkeit und dadurch passten sie so gut zusammen. Bis heute trägt Fitz seine Todesanzeige in seinen Papieren". Die Wolkenfängerin schweigt.

Ich hätte sie am liebsten in den Arm genommen und geküsst. Aber ich bin nicht der Typ, der das kann. Meine Frau ist da ganz anders. Wenn sie spürt das jemand Unterstützung braucht oder einfach nur eine liebe Geste, dann küsst sie hemmungslos. Ich übertreibe, nein, sie nimmt die Menschen dann einfach in den Arm. Ich kann das nicht. Aber ich versuche die Wolkenfängerin verständnisvoll und liebevoll anzusehen. Womit könnte ich sie jetzt auf andere Gedanken bringen? Vielleicht erzähle ich ihr einfach von einer von unseren Reisen?

Aber von welcher? Was hat mich am meisten beeindruckt? War es Hawaii? Wellen und frischer Annanas? Oder Gomera? Ruhe und Sonne? Oder doch Australien? Wüste und coole Menschen? Oder Südafrika? Nelson Mandela hat einmal sein Land als eine Mischung aus Afrika, der Schweiz und Kalifornien bezeichnet. Ich muss eine schnelle Entscheidung treffen. Ihr Blick wirkt schon wieder träumerisch traurig und weit weg.

Ich entscheide mich für Südafrika und fange einfach an: „Wenn ich in ein anderes Land reise, lerne ich gerne ein oder zwei Worte in der Landessprache. Ein Dankeschön oder Prost, auch wenn es vollkommen falsch ausgesprochen ist, zaubert fast sofort ein Lächeln auf die Gesichter der Menschen. Warum ich ausgerechnet ein Wort in der „Schona" Sprache gelernt habe? Ich sollte vielleicht von Anfang an erzählen". Die Augen der Wolkenfängerin blicken mich traurig an.

Doch sie blicken nicht durch mich hindurch, also fahre ich fort: „Südafrika, nein danke", das war meine Meinung. Wilde Tiere hatte ich schon in Kenia gesehen, von Apartheid halte ich rein gar nichts und die Kriminalität in Südafrika soll ja auch ziemlich hoch sein. Dazu noch im Winter, es ist kalt und nass und hier in Deutschland scheint die Sonne. Aber es ist ein Traum meiner Frau und wie ich bereits erzählt habe, bin ich der Traumfänger meiner Frau.

Es ging es also los unser Abenteuer Südafrika. Von Frankfurt aus flogen wir in cirka acht ein halb Stunden nach Johannesburg. Die Stewardessen kümmerten sich nett und sehr freundlich um uns. Zum Abendessen gab es einen südafrikanischen Wein aus richtigen Gläsern. Meine Frau und ich tranken noch einen zweiten Wein. Der gastfreundliche Steward wollte uns die ganze Flasche geben. In einem Restaurant hätte ich nicht nein sagen können. Aber zehntausend Meter über der Erde, sagte ich dann doch „Nein danke schön".

Angekommen in Johannesburg ging alles ganz schnell. Innerhalb einer Stunde hatten wir unseren Koffer, alle Einreiseformalitäten erledigt, den Vertrag für unseren Mietwagen unterschrieben und saßen staunend in unserem Toyota der Firma A. Erstmal haben wir alle Knöpfe heruntergedrückt. Im Auto gab es eine Wegfahrsperre. Laut Reiseführer war Vorsicht geboten und wir verließen Johannesburg auf schnellstem Weg in Richtung White River. Eigentlich waren wir ausgeschlafen, aber eine Tasse Kaffee ist doch nie schlecht. Zunächst sahen wir keine Autobahnraststätte. Also fuhren wir einfach mal ab von der Autobahn. Orgies klang irgendwie originell. Eureika Cafe, hier hielten wir an. Es war so eine Art Lebensmittelgeschäft mit heißer Theke. Unser Kaffee war groß und stark und genau das Richtige. Wir wurden von einem Priester unterhalten. Er lächelte und erzählte von Gott.

Im Radio wurde erwähnt dass Wahltag sei und wir sahen in einigen Orten lange Menschenschlangen. Unser Einkaufsversuch schlug fehl, weil ab mittags alle Geschäfte geschlossen waren. Des Rätsels Lösung hieß: Zwei Tage Wahlferien. Wir fuhren weiter insgesamt cirka dreihundertachtzig Kilometer. Die Straße verlief schnurrgerade und ziemlich einschläfernd. Die Landschaft war zunächst karg, verbrannte Erde, dann viel Landwirtschaft (Mais, Apfelsinenbäume und Rinder). Dann sahen wir erstaunlich große Industrieanlagen. Jetzt wurde es auch bergiger, grüne Schluchten, wunderschön gelegene Seen mit luxuriösen Yachten und schicken Villen aber zum Teil auch erbärmlichen Hütten.

Kurz hinter White River verließen wir einen ziemlich holprigen Lehmweg und näherten uns unserer ersten Station, einer Lodge. Kleine Reihenbungalows versteckten sich in einem üppigen Garten. Ein kleines Schild wies zur Rezeption: Eine offene Terrasse mit geschmackvollen Sofas und kleinen Tischchen. Stilvoll und doch so gemütlich sah es aus. Auf einem Sekretär lag ein Brief: Welcome to J. Lodge. Room eight. Während wir noch ehrfürchtig um uns blickten, kam Sydney, der Mann für alles, aus dem Garten. „Herzlich willkommen. Seid Ihr gut angekommen? Ach aus Deutschland. Soll ich Euch erstmal Kaffee oder Tee kochen?" Wir versanken in den schicken Sofakissen und schlürften unseren Kaffee. Sydney lachte und sagte, Kaffee koche man sehr stark in Südafrika. Dieser sei ihm mehr als gelungen.

In der Zwischenzeit begrüßte uns die Inhaberin zusammen mit ihrem Mann. Sydney wollte unbedingt unsere Koffer tragen und führte uns durch den grün berauschten Garten zu unseren luxuriösen Bungalows. Später setzten wir uns auf die Terrasse. Während der silberne Kerzenständer sanftes Licht spendete, beschlossen meine Frau und ich schon, dass wir wieder kommen würden nach Südafrika.

Das Abendessen war durch unsere Agentur gebucht. Wir gönnten uns an diesem ersten Abend einen Aperitif. Vor dem offenen Kamin nahmen wir Platz. Sydney empfahl uns einen guten Wein und servierte ihn im Sektkühler auf einem kleinen Tisch mit bodenlanger Tischdecke. Das Kaminfeuer prasselte, während Sydney uns den ersten von sechs Gängen servierte (Lachs im Blätterteigmantel). Als unser weiteres Essen dann fertig war, rief er uns in das kleine Restaurant. Kerzen auf allen Tischen leuchteten nur für meine Frau und mich und die unzähligen Bilder von Urahnen an den Wänden.

Jetzt wollte ich gern ein Wort lernen. Danke, was heißt denn das auf Afrikaans. Frei nach dem Motto, jeder Farbiger spricht hier Afrikaans, so wie jeder Deutsche groß und blond ist. Sydney räusperte sich ein wenig. Er komme aus Mosambik und sein Volk spricht Schona. Also lernte ich ein Wort auf Schona. Danke heißt: Tatinda.

Am nächsten Morgen wurden wir um sieben Uhr geweckt. Wir waren im Tiefschlaf und hörten das Klopfen an unserer Tür zunächst überhaupt nicht. Als es stärker hämmerte, stand ich im Bett.

Fragend blickte ich mich um, eilte durch unsere Suite zur Tür. Vor der Tür stand eine Kellnerin, die mich zunächst nur böse ansah. Dann aber überreichte sie mir lachend ein Tablett mit Kaffee und einer Blume. Traumhaft; Kaffee im Bett. Zuhause kommt bei uns so etwas nicht in Frage. Meine Frau regt sich immer fürchterlich über Krümel im Bett auf.

Um acht Uhr brachen wir auf. Wir fuhren mit einem sauberen Auto (wenn man nicht Bescheid sagt, wird das Auto über Nacht gegen ein kleines Trinkgeld geputzt) cirka eine halbe Stunde zum Numbi Gate am Krüger National-Park. Wir bezahlten unseren Eintritt. Dafür bekamen wir wertvolle Tipps, u. a. dass wir nicht und unter keinen Umständen aussteigen sollten. Daran erinnerten wir uns, als wir die ersten Antilopen sahen. Wir hakten alle Tiere, die uns begegneten, auf unseren Tier-Bildseiten ab.

Zunächst kreuzten auf der befestigten Straße Warzenschweine unseren Weg. Später hielten wir an, weil ein paar Affen direkt an der Straße Bananen verspeisten. Dann kam uns ein Auto entgegen und hielt. Der Fahrer kurbelte die Scheibe herunter und vier Italiener erzählten uns lachend, dass sie Elefanten getroffen hatten: Die Straße einfach weiterfahren. Dann auf der rechten Seite.

Wir fuhren und fuhren. Plötzlich tauchen die Elefanten auf. Die Spuren deuten darauf, dass sie von links kamen und sich jetzt rechts in den Wald reinfuttern. Ein tolles Erlebnis.

Aber als ich auf einer unbefestigten Straße plötzlich abbremsen musste, glaubte ich es erst gar nicht. Vor uns stand eine majestätische Giraffe. Sie blickte uns vorsichtig und ein bisschen verärgert an. Aber sie hielt uns für keine Gefahr, also durfte ihr Kind auch kommen. Ich lehnte mich weit aus dem Fenster. Beide kamen auf mich zu. Noch eine Giraffe kam hinterher. Dann kamen auch noch Zebras, erst eins und dann noch eins und noch ... Schließlich waren es fünf. Friedlich nebeneinander und so hungrig.

Aber wir mussten weiter und fuhren wieder los. An einer Wasserstelle hielten wir an. Im Radio sang Barbara Streisand und auf der anderen Seite stakten Wasserbüffel lustlos umher. Hier hätte ich gerne die Zeit angehalten. Auf einer Sandbank lauerte ein Krokodil.

Wir fanden noch eine zweite Wasserstelle und mittendrin zwei Antilopen. Unzählige Vogelarten fielen uns auf. Um halb Sechs wurde es dunkel. Also hieß es: Beeilen. Der Park ist etwa so groß wie Belgien und hat cirka siebenhundert Kilometer Asphaltstraße und über tausend Kilometer Schotterstraße. Es gibt eine Geschwindigkeitsbegrenzung von vierzig Kilometern pro Stunde. Unsere Kaffeepause an einer eingezäunten Raststelle, einem der wenigen Orte, wo man aussteigen darf, fiel kurz aus. Auf einer Sandbank im Fluss räkelte sich ein unbeeindrucktes Krokodil in der warmen Sonne. Wir waren etwa achtzig Kilometer im Krüger-Nationalpark über befestigte und unbefestigte Straßen gefahren und der halbe Tag war herum.

Einen weiteren Stopp machten wir noch im Camp Skukuza im Park. Hier gibt es Rundalows. Die sind gebaut worden für Gäste, die direkt im Park wohnen möchten, sowie einen Supermarkt. Wir kauften Coca Cola, Coca Cola light für meine Frau, Wiener Würstchen und Cips light. Darauf besteht meine Frau, weil die nicht dick machen, sagt meine Frau.

Sie wollte dann noch unbedingt die Holzgiraffe im Souvenirladen kaufen. Aber ich konnte sie irgendwie überzeugen, dass sie zu teuer für uns ist. Also verließen wir den Park durch das Krügertor.

Nach ein paar Kilometern sahen wir Straßenstände mit Holztieren. Es gab große und kleine Giraffen, Nashörner und Elefanten. Wir hielten an. Eine Giraffe, die meiner Frau bis zur Hüfte reichte, hatte es ihr angetan. Der farbige Verkäufer nannte seinen Preis. Meine Frau wollte diese Giraffe unbedingt haben. Also resignierte ich. Ich gab nur zu Bedenken, dass wir fahren und fliegen würden und zwar noch quer durch Südafrika. Der zurückhaltende Verkäufer übergab ihr die Giraffe. Ein Name war schnell gefunden: „Leila". Leise fragte er, ob wir was zu essen hätten. Unser Essensangebot war nicht sehr umfangreich. Die Würstchen hatten wir sofort gekillt. Es waren nur noch Chips übrig. Während wir abfuhren und winkten, hatte er die ersten Chips schon im Mund.

Durch Graskop, hübscher Ort mit Westernatmosphäre, fuhren wir zum Pinacle Rock. Dies ist ein allein stehender Fels mit Blütenspitze. Es war ein wunderschöner Blick, den wir hier tankten. Auf unserem Programm standen aber noch „Gods Window" und die „Mac Mac Falls". Gottes Fenster bot einen weiten Blick auf eine unendliche Landschaft. Bei gutem Wetter soll man hier bis Mosambik sehen. Langsam verabschiedete sich das Tageslicht, als wir auf die Mac Mac Falls guckten. Zwillings-Wasserfälle stürzen sich sechsundfünfzig Meter in die Tiefe.

Gegen Abend waren wir zurück in unserer Lodge und ließen uns verwöhnen. Sydney empfahl wieder einen richtig guten Wein und unser Sechs-Gang-

Menü war wieder ein wahr gewordener Traum für mich und meine Frau.

Nach einem leckeren Frühstück, folgte ein rührender Abschied von Sydney, J. und D. Gestern Abend, vor dem Kamin, hatten wir über Europa, Afrika, Gegensätze, Menschen, Apartheid und Dieben in Italien diskutiert.

In einem schicken Einkaufszentrum in Nelspurit entdeckten wir „Pick and Pay". Ein riesiger gut sortierter Supermarkt, vergleichbar mit „Safeways". Wir kauften unser Mittagessen ein. Die Verkäuferin zog sich Plastikhandschuhe an und packte dann das frische Hähnchen in eine Warmhaltetüte. Meine Frau liebt Huhn in jeder Variation. Ich nicht.

Wir waren unterwegs nach Swaziland. Richtung Barberton und dann erst einmal einen kleinen Pass hoch. Zum ersten Mal fehlten Straßenschilder. Also fuhren wir erst einmal rechts herunter. Eine ziemlich schlechte unbefestigte Straße. Das war doch falsch hier?

Wir fuhren zurück und bogen doch links ab. Hier war die Straße auch nicht besser und weit und breit kein Schild. Am linken Straßenrand sahen wir plötzlich einen Waldarbeiter. Die andere Straße sei richtig gewesen. Na gut, wieder zurück.

Irgendwie holperte unser Auto vorwärts. Noch immer keine Schilder, keine Häuser, nur Strommasten. Wiesen sie auf menschliche Wesen hin? Aber wo? Fünf Kilometer hatte der Arbeiter gesagt. Die hatten wir nun schon seit fünf Kilometern hinter uns gebracht. Dafür wurde unser Benzin immer weniger. Wir trauten unseren Augen nicht.

Am rechten Straßenrand tauchte eine Pritsche auf. Ein vor sich hin dösenden Einheimischer lag darauf. „Sie sind hier richtig. Es sind noch vier oder fünf Kilometer bis nach Swaziland". Wir konnten ihm irgendwie nicht so richtig glauben. Aber unser Benzin würde nicht mehr reichen für ein zurück.

Schweigend fuhren wir weiter. Ein paar Hütten schmiegten sich an einen Berg. Ein Junge lief an der Straße entlang. Wir kurbelten das Fenster herunter. „Richtig, richtig, noch drei km". Uns beiden stockte fast der Atem. Und dann mitten im Nichts stand vor uns ein Schild: Swaziland zwei Kilometer. Irgendwie hatten alle recht, aber Kilometer Angaben kann man wohl sehr unterschiedlich interpretieren.

Wir passierten schließlich den ersten Schlagbaum. Der Südafrikanische Beamte hatte gute Laune, tippte auf seinem Computer herum und fand, dass das Passbild meiner Frau keine Ähnlichkeit mit ihr hätte. Schade aber auch. Die Laune meiner Frau verschlechterte sich sofort. Noch Stunden später fragte sie immer wieder: „Sehe ich denn jetzt so viel älter aus?" Sie betonte natürlich das viel und zog es auseinander. Die Antwort „Ja" wäre der reinste Selbstmord gewesen.

Jetzt noch unser Autokennzeichen und wir durften gehen.

Der Swaziland Beamte stand vor Bildern von König und Königin in traditionellen Gewändern. Auch er war nett. Er trug uns in ein großes Buch ein und stempelte Visa in unsere Pässe. Er war so höflich nichts über unsere Passphotos zu sagen. Vielleicht sah er auch nur die bösen Blicke meiner Frau. Sie verwünschte ja immer noch den südafrikanischen Beamten.

Schließlich legte er uns noch ein riesiges Formular vor. Nein, wir mussten es nicht abarbeiten, nur unterschreiben. Später würde er den Rest ausfüllen.

Und endlich eine Tanksäule. Es gab nur verbleites Benzin. Die nette Dame vom Avis Schalter hatte gesagt: Nur Unverbleites. Die nächste Tankstelle sei in vierzig Kilometern, sagte der Tankwart, aber ein paar Liter Verbleites könnten nicht schaden. Er zeigte es uns, es stand im Tankdeckel. Wir tankten verbleites und siehe da unser Auto fuhr sogar ein wenig schneller.

In Manzini fuhren wir auf hervorragend ausgebauten Straßen. Lichthupen warnten uns vor mit Laserpistolen bewaffneten Polizisten. Hier in der Stadt gab es schicke Geschäfte und auch kleine Restaurants. Außerhalb der Stadt sahen wir viele traditionelle Rundalows. Hier überquerten Kühe die Straße. Viel Tierbesitz gilt als Reichtum. Langsam wurde es dunkel.

Wir passierten wieder zwei Grenzen. Unser Ziel war ein privates Game Reserve. Auf der linken Straßenseite entdeckten wir einen Ranger vor einem Tor. Laut Wegbeschreibung mussten wir noch fünfzig Kilometer fahren. Aber freundlich ließ uns der Ranger herein und wies uns die Richtung, die uns auf einer unbefestigten Straße nach cirka zehn Minuten, zu unserer Lodge führte. Einige Bambushütten, eine Lounge und ein romantischer Grillplatz versteckten sich unter riesigen Bäumen. „Back to Nature" sagte ich zu meiner Frau. Begeistert war sie nicht gerade.

Die Sonne war bereits untergegangen. Wir genossen unseren Wein auf der Terrasse unserer Bambushütte. Unsere Blicke wanderten zum Pongola River. Die Aussicht war überwältigend romantisch. Die Inhaberin kam zu uns und sagte, das Abendessen sei bereitet und man warte schon auf uns. Tatsächlich, um ein Lagerfeuer herum, saßen ein deutsches Ehepaar und ein älteres südafrikanisches Paar. Alle wurden von einer jungen weißen Südafrikanerin dynamisch unterhalten. An zwei Grillplätzen wurde reichlich und gut für uns gegrillt und gekocht. Es gab saftige Steaks, Süßkartoffeln und leckere Salate. Wir erzählten und ließen erzählen über südafrikanische Erlebnisse bis wir müde in unsere Bambushütte fielen, die wir übrigens nicht abschließen konnten. Hier gab es keine Schlüssel. In dieser Nacht tat meine Frau kein Auge zu. Ich also auch nicht.

Aber um 5.45 Uhr wurden wir geweckt. Kaffee machten wir uns in der Lobby. Um 6.30 Uhr erschien unser Ranger. Die Luft war noch sehr kühl als wir in unseren Jeep stiegen. Wir sahen Vögel, Warzenschweine, Vögel, Büffel, Vögel, Dammwild und Murmeltiere. Gegen acht Uhr stiegen wir um auf ein Boot, um auf dem Pongola River zu schippern. Wir suchten Flusspferde und Krokodile.

Was sah unser Ranger? Ein Nashorn, auf halber Höhe auf dem Berg, am rechten Flussufer. Unser Ranger sah mich freudestrahlend an und fragte, ob wir uns das mal ansehen wollten? Toller Witz, dachte ich und sagte schlichtweg ja. Er fuhr an das Ufer, legte an. Genauer gesagt er drückte mit seinem Fuß einen Anker in die Erde. Kein Scherz. Ich bewaffnete mich mit meiner Kamera und meinem Fotoapparat und wir und stiefelten los.

Meine Frau blieb zurück auf dem Boot. Allein. Um sie herum war es sehr ruhig. Nur von Zeit zu Zeit gluckste es ganz komisch im Wasser. Sie dachte nur ja nicht bewegen. Betend rauchte sie vor sich hin. Die Zeit verstrich nur ganz langsam. Wir kamen und kamen nicht zurück. Am Horizont tauchte plötzlich ein Boot auf. Jetzt betete sie nur noch. Das Boot solle nicht näher kommen. Es half nicht.

Das Boot kam und legte genau neben ihr an. Ein dicker weißer Südafrikaner sprach sie freundlich an. Vor Schreck und Entsetzen fiel ihr kein einziges englisches Wort ein. Irgendwie erzählte sie ihm dann doch, dass ein Ranger und ihr Mann auf dem Berg seien. „Aha". Er begann mit seiner Crew ein Frühstück am Fluss vorzubereiten. Das Boot meiner Frau wackelte gefährlich, aber der Anker hielt. Und endlich kamen wir den Berg herunter gelaufen. Schweißgebadet.

Meine Frau wurde laut. Sie habe eine Lebensgefahr überstanden. Ganz allein! Welche Frechheit, sie so allein der Wildnis zu überlassen und das ganze fünfzehn Minuten lang. Dann legte sie sich ihr berühmtes Redeverbot auf. Aber nach zehn Minuten wollte sie dann doch wissen, wie es denn war mit dem Nashorn.

Also es war so: Unser Ranger marschierte voraus den Berg hoch. Ich hinterher. Bald sahen wir aus cirka fünfzehn Metern ein Nashorn von hinten. Unser Ranger sagte. „Ab jetzt verständigten wir uns nur noch in Zeichensprache". Ich traute mich nicht einmal zu fotografieren, weil der Apparat so laut weiterdrehte. Unser Ranger wollte mir, einem deutschen Helden, ein ganz besonderes Abenteuer bieten. Er hatte mich ja vorher eingewiesen: „Gibt es ein Problem, klettere auf einen Baum". Während er einen Stein in Richtung Nashorn warf, erinnerte ich mich daran. Aber wo war ein Baum? Das Nashorn drehte sich plötzlich um. Ach ja, Mama und Kind Nashorn waren auch da und reagierten auch. Sie schnitten uns sehr schnell den Weg ab. Für Minuten vergaß ich alles: Atmen, zittern, bewegen. Auch mein Herzschlag setzte kurz aus. Nach gefühlten Stunden führte unser Ranger den Rückzug an. Ich fühlte mich wie ein Indianer auf der Flucht und freute mich riesig über meine Bundeswehr Erfahrung.

Dann fuhren wir zurück. Unser Ranger entdeckte noch eine Flusspferdfamilie. Das Wasser war so klar, dass wir sehen konnten, wie fast grazil sich diese riesigen Fleischberge unter Wasser bewegen können. Um halb Zehn waren wir zurück in unserer Lodge. Es gab Brunch. Der Kaffee schmeckte phantastisch nach diesem Morgen. Dann folgte auch schon unser Aufbruch nach Durban.

In einem Vorort von Durban wollten wir Kaffee trinken. Meine Frau entdeckte einen langen, weißen Strand. Die Sonne schien. Es gab schicke Villen aber kein Kaffee. Also fuhren wir weiter. Auf vier Radarfallen fielen wir nicht herein.

Unser heutiges Nachtlager, die Country Lodge, befand sich in der Nähe von Southbroom, einem kleinen ruhigem Kurort. Ein subtropischer Garten umschloss die Lodge. Die Zimmer waren individuell eingerichtet. Es gab einen Kaffee- und Teezubereiter. Wir tranken unseren Nachmittagskaffee in der Sonne auf der Terrasse. Dabei suchten wir uns auf der Karte unser Abendessen aus: Straußensteak.

Am nächsten Morgen frühstückten wir ganz gemütlich im Treehouse. Es ist ein originelles rustikales Restaurant in einem Baumhaus. Gegen zehn Uhr fuhren wir zurück nach Durban.

Eigentlich waren wir drei Stunden über der Anmietzeit. Aber der freundliche A. -Mitarbeiter berechnete diesen Tag nicht. Leila, unsere Giraffe, passte in das obere Gepäckfach. Der Flug nach Port Elizabeth dauerte cirka neunzig Minuten.

Nur eine halbe Stunde, nachdem die Maschine wieder den Boden berührt hatte, hatten wir unser neues Auto und fuhren in Richtung Lake Pleasant. Durch spektakuläre Schluchten, sahen grüne Hügel, Wiesen auf denen freundliche Kühe grasten und Bergkuppen, die sich hinter Wolken versteckten.

Ungefähr dreihundert Kilometer lagen hinter uns, als wir abends eintrafen am Lake Pleasant, dem einzigen Süßwasser-See Südafrikas.

An der Rezeption wurde ein sechs Gang-Menü angekündigt. Da wir aber auch hier die „Golden Guest's" und damit die einzigen Gäste waren, konnten wir uns auch einzelne Gänge aus dem Menü heraussuchen und in der Bar essen. Die Atmosphäre versetzte uns in einen englischen Pub. Es gab antike Möbel, urige Fotos an den Wänden und ein Klavier. Im Fernsehen wurde ein Crickettspiel übertragen. Danny kümmerte sich rührend um uns. Während wir einen trockenen Cape Riesling probierten, betrat ein Mann die Bar.

Er sah aus wie Crokodile Dundy's älterer Bruder. Er setzte sich ganz an das andere Ende der Bar. So dass ich dachte, er würde mein deutsches Geplapper über seine Ähnlichkeit mit dem australischen Cowboy nicht hören. Aber außer uns waren sonst keine Gäste da. Während wir diskutierten, ob meine Frau mit zum Swartberg-Paß fahren würde oder nicht, sprach Crokodile. Wenn er sich mal einschalten dürfte. Es dauere schon eine Weile den Pass zu erfahren. Aber es sei eine der schönsten Straßen Südafrikas. Aua, diese Worte sprach er im besten Deutsch. Mehr sagte er nicht. Danach schwiegen meine Frau und ich eine ganze Weile.

Am nächsten Morgen, im Frühstücksraum, sahen wir ihn wieder. Es war ein gemütliches, großzügiges Nichtraucher Restaurant mit kuscheligen antiken Möbeln. Sogar das Silberbesteck kam aus einer anderen Epoche. Wir bekamen gerade einen Aschenbecher als Crokodile das Restaurant betrat. Auch er rauchte nach seinem Kaffee. Dann hatte er es eilig. Im Herausgehen blickte er zu uns und sagte:" Das ist das erste Mal seit siebzehn Jahren, dass in diesem Restaurant drei Personen gleichzeitig rauchen. Viva" und er erhob die Faust zur Siegerpose. Weg war er. Da war sogar meine Frau sprachlos.

Danach gingen wir an die Rezeption um ganz schnell auszuchecken. Aber zwei Mitarbeiterinnen wollten sich mit uns über Südafrika und Europa unterhalten. Eine war schon mal in den italienischen Alpen und ... Wo es denn jetzt hinginge? Als eine von beiden hörte, dass wir in Stellenbosch im River M. übernachten würden, freute sie sich. Da kenne sie Anne, die würde dort an der Rezeption arbeiten. Sie würde gerne ein paar Worte aufschreiben. Wir verabschiedeten uns herzlich und brachen nach einer halben Stunde auf in Richtung Outshorn.

Um elf Uhr waren wir bereits da. Eine Straußenfarm hatten wir schnell gefunden. Alles drehte sich hier um den Strauß. Führungen wurden angeboten, Straußenburger gab es zu essen und im Supermarkt mehr oder minder Scheußliches oder Kitschiges: Aschenbecher aus Straußenfuß, Straußen-Leberpastete und sogar Handtaschen.

Wir fuhren zu unserem Hotel direkt in der Stadt. Das Haus passte in die Atmosphäre des Ortes (Westerntouch). Im Hauptgebäude gab es verschiedene antike Salons sowie ein Restaurant mit Piano. Die Zimmer gruppierten sich um einen kleinen Pool. Die Einrichtung der Zimmer war eher einfach. Sie wurden damals renoviert. Allerdings gab es Kaffee- und Teezubereiter und ein Bügeleisen. Meine Frau nutzte diese Gelegenheit, um unsere ramponierte Kleidung zu reparieren, sofort. Erst danach konnte ich sie zu einer kurzen Hotelbesichtigung überreden.

Danach fuhren wir nach Prince Albert über Meiringspoort, eine beeindruckende Schlucht. Hier würden kilometerlange Baustellen auf uns warten. „Mindestens fünfundvierzig Minuten Wartezeit" erzählte uns John. Er hatte hinter uns gehalten und fragte mich auf Afrikaans, wie lange wir schon warteten. Sah ich aus wie ein Südafrikaner? Ich empfand es als großes Kompliment. Aber er merkte schnell, dass ich ihn nicht richtig verstand. Doch er konnte auch Englisch und sogar ein wenig Deutsch. Einer seiner Onkel lebte in Stuttgart.

Prince Albert war tatsächlich so niedlich und sauber, wie uns alle erzählt hatten: Hübsche kleine Geschäfte, nette Straßencafes. In einem ließen wir uns nieder. Strahlender Sonnenschein belohnte uns. Derartig gestärkt fühlte sich meine Frau dem

Swartberg- Pass gewachsen. Mit Hunderten von Sträflingen brauchte der Straßenbaumeister „Bain" vier Jahre für das enorme Projekt. 1888 fertig gestellt, darf die Straße nicht mehr verändert werden (National Monument). Der Ausblick wurde hinter jeder Kurve beeindruckender. Wir sahen auf Berge, Felder und Wiesen. Oben auf „DIE TOP" pfiff der Wind schauerlich, obwohl die Sonne schien. Ich las meiner Frau die Geschichte dieses Passes vor.

Die Straße schmiegte sich an den Berg. Durch Schoemannsport (kein Hafen, sondern eine Schlucht) ging es zurück nach Outshorn. Eigentlich hätten wir in unser Hotel zurückfahren wollen und uns umziehen. Danach wollten wir ein wenig spazieren gehen um im Restauranttipp unseres Reiseführers zu essen. Wir näherten uns schon unserem Hotel. Doch wir beschlossen, dass es uns zu Fuß doch zu weit sei. Ungefähr eine Stunde hin und zurück. Auf dem Stadtplan sah es gar nicht so weit aus. Zum Umziehen hatten wir auch keine Lust. Es war aber erst 18.00 Uhr. Das heißt, dass wir in unserem Freizeit Outfit, nicht auffallen würden.

Doch wir waren nicht die einzigen Gäste. Die anderen beiden Gäste fielen uns zunächst nur durch ihre laute deutsche Sprache auf. Als einer der beiden auf einen Stuhl stieg um das Essen zu fotografieren, fiel meine Frau fast in Ohnmacht.

In diesem Restaurant standen die Wünsche des Gastes im Vordergrund. Selbstverständlich bekam meine Frau ihr Straußensteak rare, ohne Beilage, aber mit ihrem heißgeliebten Senf. Ich aß ein Springbock- und ein Straußensteak mit Kartoffeln und Gemüse. Gegen sieben Uhr fuhren wir durch leergefegte Straßen. Die Geschäfte schlossen fast alle schon um siebzehn Uhr dreißig.

Am nächsten Tag hieß es einsteigen Richtung Stellenbosch. An der Straße entdeckten wir viele Strauße. Einige Male hielten wir, um diese außergewöhnlichen Tiere und ihre Blicke mit unserer Kamera einzufangen. In Riversdale wollten wir eigentlich nur tanken. Aber direkt vor der Tankstelle befand sich ein Schnellrestaurant. Wir setzten uns auf den Sonnenbalkon und tranken einen Mega-Kaffee.

Später dann tauchte links am Straßenrand ein Schild auf. Darauf stand „Heidelberg". Hier bogen wir einfach ab. Auf unserer Fahrt durch diesen beschaulichen Ort fanden wir zwei wunderschöne Kirchen und ein kleines altes Hotel „Heidelberg". Hier schien die Zeit so etwa im Jahre 1930 angehalten worden zu sein.

Auf unserer Weiterfahrt begleiteten uns rechts stetig grüne Berge. Zwei cirka vierhundert Meter hohe Pässe überquerten wir. Meine Frau hielt tapfer durch. Bei strahlendem Sonnenschein trafen wir in Stellenbosch ein. Nachdem Anne uns unsere Zimmer in der hundert Jahre alten Villa gezeigt hatte, servierte sie uns Kaffee am Pool. Anne empfahl uns auch ein besonderes Weingut. Aber nicht ohne uns vorher eine Einladung des Inhabers unserer Lodge; „Um halb acht erwartet er Euch auf einen Drink im Salon vor dem Kamin" ausgesprochen zu haben. Da das Weingut um siebzehn Uhr schloss, brachen wir schnell auf.

Die Villa stammt aus dem Jahr 1788. Ein wundervoller Rosengarten empfing uns. Ganz langsam und

Hand in Hand stiegen wir die Treppen zur Villa hinauf. Drei Räume zeigten die Original-Einrichtung der ursprünglichen Besitzer. Fast schien es, als wenn gleich Lady Jane aus irgendeiner Hintertür mit ihrem Geliebten auftauchten würde.

Doch stattdessen begrüßte uns John, ein Angestellter des Weinkonzerns, dem die Villa heute gehört. Er erzählte uns, dass früher die Bäume hier im Garten niedriger waren. Man sagte sich, dass jeder, der den Tafelberg vom Fenster aus sieht, reich werden würde.

Für umgerechnet einen Euro probierten wir drei Weißweine und zwei Rotweine. Die Frachtkosten nach Deutschland für sechs Flaschen würden ungefähr fünfzig Euro betragen. Wir kauften vier Flaschen und verpackten sie gut. Die südafrikanischen Weine haben soviel Sonne getankt, dass wir ein wenig beschwipst waren. Also mussten wir erst einmal was essen. Mc D. Schilder kamen in Sicht. Nach den Schlemmereien der letzten Tage konnten wir dem Hamburgerlockruf nicht widerstehen.

Dann hieß es beeilen. Duschen und umziehen. Punkt halb acht betraten meine Frau und ich den kleinen Salon.

Anne servierte einen leichten Riesling. Langsam wurden wir müde. Die Unterhaltung mit J. über Gott, Südafrika und Probleme in Europa baute uns aber wieder auf. Er empfahl uns einen Rundgang durch die Stadt zu einem Weinhaus" Wyinhus". Also spazierten wir durch das Studentenstädtchen. Cirka vierzehntausend Studenten wohnen hier. Die Stadt wurde 1685 von Simon van der Stel gegründet. Es gibt hübsche einhundert bis einhundertfünfzig Jahre kleine alte Häuser. Sie sind alle weiß angestrichen und denkmalgeschützt. Es sind insgesamt einhundertzweiundzwanzig Häuser. Überall an den kleinen Straßen standen alte grüne Eichen. Straßencafes im amerikanischen und afrikanischen Stil begleiten uns. Links und rechts gibt es kleine Boutiquen. Und es gibt an einigen Straßen noch die alten Bürgersteige, die sehr viel höher als die Straße sind. Das „Wyinhus" war ein Restaurant und eine Bar. Hier trafen sich Studenten, Yuppies und Leute, die gern Wein trinken. Wir probierten sechs verschiedene Weine.

In jedem unserer Gästehäuser gab es etwas Besonderes. Im River M. stand am Abend ein kleines Glas Rotwein auf unseren Nachtschränkchen.

Lee, die Inhaberin und Frau von J., verabschiedete sich persönlich von uns. Sie winkte uns nach, während wir aufbrachen zu unserer letzten Etappe Kapstadt.

An einem langen Dünenstrand kurz vor Muizenberg hielten wir zu einem Fotostopp. Vor Kapstadt fuhren wir auf der Nzwei vorbei an riesigen Townships. Unser Hotel erreichten wir schon früh am Mittag.

Es war tolles Wetter und wir fuhren sofort zum Tafelberg. Nach soviel Natur ist Kapstadt in seiner Größe mit vierspurigen Autobahnen irritierend. Ordentlich parkte ich unser Auto. Eine Dame in einem weißen Kostüm belauschte uns und sagte auf Deutsch, die Gondel führe gar nicht wegen Wartungsarbeiten. Ich konnte es gar nicht glauben.

Tatsächlich! Eine Rangerin erklärte uns: „Jedes Jahr im Winter schließen wir eine Woche für Wartungsarbeiten". Diese Woche hatten wir also erwischt. Die Dame im weißen Kostüm hatte auch noch ihren Mann dabei. Wir versuchten uns gegenseitig in einer kurzen Unterhaltung zu trösten. Es stellte sich heraus, dass die beiden kein Auto hatten.

Also nahmen wir sie mit zum Signal Hill. Von hier aus hat man einen faszinierenden Blick auf Kapstadt, den Tafelberg und auf Robben Island. Fast fünfundzwanzig Jahre seines Lebens wurde Nelson Mandela hier gefangen gehalten. Nach einigen typischen „Wir waren hier" Photos mit dem Tafelberg im Hintergrund, fuhren wir zur V & A Waterfront.

Ein einziges Restaurant- und Einkaufsparadies am Hafen. Ein Fisch- Selbstbedienungs- Restaurant lockte mit so leckerem Duft, dass wir uns direkt am Wasser hinsetzten. Unsere Reste fraßen uns die Möwen aus der Hand. Die Sonne schien und eine Hafenrundfahrt war jetzt genau das Richtige.

Fischer zeigten uns stolz ihren Fang. Robben klatschten Beifall. Der Blick auf den Tafelberg war umwerfend. Während der Fahrt haben wir kaum ein Wort von Jeffs Erklärungen verstanden. Als wir vom Schiff herunter stiegen, war ich verblüfft. Jeff hatte „Tschüß" gesagt. Gern hätte ich gefragt, wie, warum? Aber er war bereits verschwunden irgendwo im Hafen.

Jetzt wollte meine Frau aber los in die Geschäfte. Da es viele Nobelboutiquen gab, waren zumindest meine Shopping Gelüste etwas gedämpft, bis wir Woolworth fanden (so eine Mischung aus C & A und Wöhrl). Meine Kreditkarte bedankte sich danach höchst persönlich bei mir. Ich brauchte dringend einen Kaffee.

Hier trafen wir unser Paar aus Frankfurt an der Oder wieder. Sie wohnten im H. I. Wir brachten sie hin. Sie waren schon ausgestiegen, als wir beschlossen, sie für den nächsten Tag einzuladen zu unserer Tour. Visitenkarten hatten wir ausgetauscht. So konnte ich die beiden von der Rezeption aus anrufen und einladen.

In der Nähe unseres Hotels hatten wir ein Kentucky F. C. entdeckt. Da aßen wir. Wir waren die einzigen weißen Gäste. Aber beachtet wurden wir nur von der aufmerksamen Bedienung. Zu Fuß liefen wir wieder zurück. Es war ruhig und etwas dunkel auf den Straßen. Angst hatten weder meine Frau noch ich.

Am nächsten Tag, verkündete CNN, sollten es siebenundzwanzig Grad werden in Kapstadt, in Berlin nur neunzehn Grad. Wir glaubten das, nachdem ganzen guten Wetter, das wir bisher hatten. Der farbige Tankwart, in Wintermantel und Pudelmütze hatte wohl andere Nachrichten gehört.

Wir luden unsere neuen Freunde aus Frankfurt an der Oder verabredungsgemäß an ihrem Hotel ein. In St. James begegnete uns die Vergangenheit in Form von Badeumkleidekabinen am Strand. Sie waren knallrot, hellgrün, königsblau und entchengelb.

In Simon´s Town hielten wir an. Direkt an der Hauptstraße stehen einundzwanzig cirka einhundertfünfzig Jahre alte Häuser. Es ist alles liebevoll restauriert und heute sind hier Designerläden, Schmuckgeschäfte und Cafes. Simon´s Town hat auch einen wunderschönen kleinen Yachthafen. In Boulders, einem kleinen gepflegten Vorort, standen Straßenschilder mit Pinguinen darauf.

Achtung: Warnung, Pinguine auf der Straße! Ein Parkwächter wies uns ein: Es gibt einen Weg, von dem führen Tore zum Strand. Bitte die Tiere nicht berühren! Das fiel meiner Frau schwer, sehr schwer. Die Brillenpinguine lagen direkt an den Wegen. Es war Brutzeit. Die Jungen hatten ein so kuschelig aussehendes Fell in hellgrau mit weiß. Wir gingen einige der Pfade zum Strand.

Pinguine watschelten über die kleinen geteerten Wege uns entgegen, kamen näher, drehten sich um. Bei schönem Wetter kann man hier mit den Pinguinen baden. Man kann ihnen aber auch einfach nur zusehen, wie sie den Strand entlang watscheln, um dann ganz elegant in das Meer abzutauchen. Zu dem Zeitpunkt war der Strand abgesperrt. Von den Lauf-Holzplanken konnten wir die süßen kleinen Kerle beobachten. Auf der anderen Seite erklärte ein Ranger einer Schulklasse alles über Pinguine. Und die süßen Kleinen lauschten den Geschichten über die anderen kleinen Süßen artig und gespannt.

Unser nächstes Ziel war Cape Point: Kalt und windig war es. Während wir beschlossen diesen Fernsehsender zu verklagen, sahen wir andere Gutgläubige in kurzen Hosen. Der Eintritt in dieses Naturschutzgebiet ist im Winter um die Hälfte reduziert. In der Stand-Seilbahn, die vom Parkplatz cirka dreihundert Meter hoch zum Leuchtturm führt, sahen wir die ersten Japaner in Südafrika. Der japanische Sender hatte offenbar klirrende Kälte vorher gesagt. Verwundert betrachteten wir die Kamerabehängten Mumien in dicken Anoraks und langen Hosen.

Die letzten steilen Stufen zum Leuchtturm mussten wir zu Fuß hoch. Der Leuchtturm war, wie sollte es anders sein, natürlich auch geschlossen. Dafür war der Blick auf zwei Ozeane kostenlos.

Wieder entstanden die „Wir waren da" Photos. Wir ließen unvorsichtigerweise den Japanern den Vortritt. Nach zehn Minuten durften wir endlich unsere Photos schießen. Mittlerweile ertrug meine Frau die Kälte heldenhaft. Den Rückweg joggten wir fast den Berg hinunter. Am Parkplatz gab es einen Souvenirladen, ein Restaurant und ein Selfservice Cafe an der Straße. Während wir uns mit Kaffee aufwärmten, fraßen uns Raben Sandwichreste aus der Hand.

Am Kap der Guten Hoffnung steht auf einem Schild auf Afrikaans und Englisch hier ist es: das „Cape of good Hope." Hier pfiff eisiger Wind. Mehr als ein Erinnerungsphoto war nicht drin. Meine Frau stürzte sofort zurück in das Auto. Ich wollte unbedingt die meterhohen Wellen aus der Nähe sehen.

In Sun Valley stoppten wir an einem Einkaufszentrum mit „Pick and Pay". Wir erwärmten uns mit einem Glas Wein.

Dann fuhren wir nach Kapstadt zurück. Uns begegneten riesig breite Sandstrände, hübsche Küstenorte. Doch die Berge waren alle hinter Wolken verschleiert. Gegen Abend waren wir am Hotel unserer neuen Freunde zurück und verabschiedeten uns.

Meine Frau und ich wollten abends noch einmal die prickelnde Atmosphäre der Waterfront genießen. Die Wahl des Restaurants entwickelte sich zu einer Debatte. Pardon, Diskussion. Wir stimmten nicht ab. Meine Entscheidung lautete H. R. C. Unser Kellner war lieb. Bedauernd schaute er uns an, als wir erklärten, wie toll das Essen war, aber die Portionen selbst für uns zu groß.

Dann begann unser letzter Tag in Südafrika. Wir ließen uns Zeit beim Frühstück. „Karli" der deutsche Kater machte es sich auf meinen Beinen gemütlich, während ich mein Champignon-Omelett aß.

Vor unserem Abflug fuhren wir noch einmal in die Stadt. Wir parkten unser Auto auf einem bewachten Parkplatz (Parkwächter mit Schäferhund) und bummelten. Vor dem Castle of Good Hope, den aus dem Jahr 1679 stammenden ältesten Steinbau Südafrikas, spielten zwei Soldaten mit einem Papierstück. Wirklich genauer gesagt sie spielten mit einem Papierball Fußball. Das Schloss ist heute ein militärisches Hauptquartier mit einem Museum für Militär und Schifffahrt. Das alte viktorianische Sandsteinrathaus überblickt majestätisch den Platz.

Am Trafelgar Square verkauften Blumenhändlerinnen farbenfrohe Blumensträuße. Überall gab es Straßenhändler, die sich auch durch Kunden nicht aus der Ruhe bringen ließen. Dann tauchte ein Schmuckgeschäft auf.

„Sale" stand dran. Für meine Frau gab es kein Halten mehr. Aber ich ging vorsichtshalber mit hinein. Meine Frau sah ein Paar Diamant Ohrstecker mit solcher Hingabe an. Ich konnte nicht anders. Ich musste sie ihr kaufen.

Prompt erwischten wir noch einen Stau auf dem Weg zum Flughafen. Aber wir kamen trotzdem noch pünktlich an. Etwas habe ich gelernt auf dieser Reise. Vorurteile sollte es nicht geben. Wenn wir

etwas nicht verstehen, sollten wir es nicht beurteilen. Tatinda Südafrika".

Während ich erzählt habe, saß die Wolkenfängerin
ganz still und schweigsam da. Sie hat nur zugehört
und sich nicht bewegt. Jetzt hebt sie den Kopf und
sieht in meine Augen. „Sie sollten Reiseberichte
schreiben. Es war in der letzten halben Stunde so,
als wäre ich mit Ihnen in Südafrika gewesen. Ich
danke Ihnen, es war einfach wundervoll."

In dieser Nacht habe ich vieles über mich erfahren.
Meine Frau behauptet, dass ich zu still sei, mich
kaum unterhalten würde. Wenn es wirklich ein
Thema ist, das mich interessiert, kann ich sehr wohl
erzählen. Ebenso sagt meine Frau, die Liebe meines
Lebens, dass ich einfühlsam bin. Ich glaube in
dieser Nacht habe ich das auch zum ersten Mal
wirklich gespürt. Wenn die Wolkenfängerin schweigen will, dann schweige ich mit ihr. Wenn sie lacht,
dann lache ich mit ihr. Geweint habe ich nicht mit
ihr, da habe ich ihr ein Taschentuch gegeben. (Sie
sagt, dass sie in den entscheidenden Situationen
ihres Lebens immer ohne Taschentuch war.) Wenn
ich sie wieder sehe, werde ich ihr ein Taschentuch
schenken, so ein schickes mit Monogramm. Und
noch etwas Wichtiges habe ich bemerkt. Ich kann
wirklich zuhören. Eigentlich wusste ich das, aber
diese Nacht und die Wolkenfängerin haben es mir
bestätigt.

Ich kam also am nächsten Morgen nach Hause. Sie
denken sicherlich, dass mir meine Frau eine Szene
gemacht hat. Wahrscheinlich sehen sie es schon vor
sich. Meine kleine Lieblingsfurie bewirft mich mit
Tassen, Farbeimern und sonstigen Gegenständen.
Sie beschimpft mich wüst. Nein, weit gefehlt.

Sie liegt im Bett und schläft. Während ich mich leise ausziehe und mich in das Bett schleiche, knipst sie die Nachtischlampe an und sieht mich an. Sie sieht die Traurigkeit in meinen Augen, die verwundete Romantik in meinem Blick. Jetzt tut sie etwas, was ich nie erwartet hätte. Sie küsst mich einfach auf den Mund. Tränen tanzen in ihren Augen. Sie fragt nichts, sie sagt nichts. Wir schlafen Arm in Arm ein in dieser Nacht.

Erst am nächsten Morgen sagt sie: „Es war spät, Liebling. Geht es Dir gut?" Mehr nicht. Mehr hat meine Frau nicht gefragt, nicht kommentiert, nicht geschimpft, nicht gesagt.

Die nächsten Wochen vergingen wie im Flug. Eines wusste ich nach dieser Nacht. Jeder Tag ist wichtig. Jedes Wort ist wichtig. Ich ging nicht mehr aus dem Haus ohne meine Frau und meinen Sohn zu küssen. Ich stritt mich nicht mehr mit meiner Frau. Nein, das ist gelogen. Aber ich ging nach einem Streit nicht mehr aus dem Haus ohne mich zu versöhnen.

Wir hatten uns vorgenommen unsere gemeinsame Zeit bewusster zu erleben und zu genießen. Das taten wir auch. Alexander brachten wir öfter zu meinem Onkel. Der kümmerte sich rührend um ihn und spielte stundenlang Cowboy und Indianer oder las ihm einfach nur vor. Wir beide gingen endlich mal wieder essen, mal wieder schwimmen zusammen, oder wir saßen zusammen vor dem Kamin und lasen gute Bücher. Die nächsten beiden Monate waren die schönsten meines Lebens.

Aber ich tat noch mehr. Ich recherchierte. Ich wollte der Wolkenfängerin helfen herauszufinden, wer sie ist und ob wir verwandt sind.

Ich kontaktierte einen alten Nennonkel. Ich durchsuchte nächtelang Photoalben zusammen mit meiner Frau. Ich kontaktierte Archive in verschiedenen Städten. Schließlich hatte ich Ergebnisse und suchte die Wohnung der Wolkenfängerin auf.

Zwei Monate waren vergangen. Ich hatte sie in dieser Zeit nicht gesehen und nicht angerufen. Aber auch sie hatte sich nicht gemeldet.

Es war der erste verregnete Herbsttag. Die Sonne war nur blass zu sehen. Ich machte mich also auf der Wolkenfängerin meine wichtige Neuigkeit zu überbringen. Da sie nur zwei Straßen weiter wohnte, kein langer Fußweg. Ich klingelte, aber niemand öffnete. Da ich mich so freute ihr das Ergebnis meiner Recherche mitzuteilen, war ich zutiefst enttäuscht, so dass ich mich nicht sofort umdrehte um zu gehen. Ich rauchte eine Zigarette vor der Tür.

Plötzlich kam eine ältere Dame aus dem Haus. Sie begrüßte mich sehr freundlich und fragte, wen ich denn besuchen möchte. Ich nannte ihr den Namen der Wolkenfängerin und den ihres Mannes. Da schluchzte sie.

Sofort kam mir der Gedanke, dass der Wolkenfängerin etwas zu gestoßen sein könnte. Oder dass sie aufgegeben haben könnte gegen diese Welt zu kämpfen. Ich konnte nur mühsam atmen und beschloss mal wieder mit dem Rauchen aufzuhören.

Ich gab der älteren Dame ein Taschentuch und dachte langsam wird das zur Gewohnheit mit den Taschentüchern und mir. Sie beruhigte sich etwas und sagte: „Verzeihen Sie bitte. Es geht schon wieder. Die beiden sind sehr außergewöhnliche Menschen. Wir hatten so schöne Zeiten in meinem Haus. Im Sommer haben wir oft gegrillt und im Garten gesessen. Letztes Jahr Weihnachten haben wir gemeinsam vor meinem Kamin gesessen. Wir haben Pro Secco getrunken und Weihnachtslieder gehört. Letzte Woche nun rief ein Onkel von ihr an. Er sei schwer krank. Die beiden ließen alles stehen und liegen und reisten zu ihm. Eine Spedition kam einen Tag später und hat ihre gesamten Möbel gepackt und das war es."

Ich hatte die Wolkenfängerin also um eine, eine einzige Woche verpasst. Wo der Onkel wohnt, wusste die Dame nicht. Eine neue Adresse hatte sie auch nicht. Die restliche Miete wurde überwiesen, mehr könne sie nicht sagen. Wir setzten uns einen Moment auf die Bank vor dem Haus. Eine nicht mehr blühende Kletterrose wand sich über unseren Köpfen von einem Ende des überdachten Eingangs bis zum anderen. Ich zündete mir natürlich doch noch eine Zigarette an.

Woher ich denn die beiden kennen würde und warum ich sie besuchen wollte. Natürlich stellte die liebe ältere Dame diese Fragen. Aber ich wollte ihr diese Fragen nicht direkt beantworten. Ich wusste nicht, ob das der Wolkenfängerin recht gewesen wäre. Also erzählte ich nur, dass ich sie und ihren Mann in einem Restaurant getroffen hätte und die beiden mich eingeladen hätten, damit ich mir ihre Palmen ansehen könne. Bevor sie wieder schluchzt, schwärmt sie von den Pflanzen der Wolkenfängerin.

„Die beiden hatten riesige Glücksbambusse, eine wunderschöne Palme und viele Agaven, aber keine blühenden Pflanzen. Die blühenden gingen bei den beiden immer ein." Tja auch das passt zu der Wolkenfängerin. Ich verbinde die Farbe Grün mit Harmonie, Hoffnung, Willenskraft und beruhigende Mitte. Grün ist ein Synonym für den Kreislauf der Natur, Sicherheit und Geborgenheit, Wachstum und damit Hoffnung. Das hat sie sich gewünscht die Wolkenfängerin. Grün ist Leben, ist Wald und Wiese, grün wächst, grün kommt – hoffentlich – immer wieder. Aber jetzt bist Du fort. Und nachdem was die ältere Dame gesagt hat, kommst Du auch nicht wieder zurück.

Du hast sehr viel für mich getan in nur einer Nacht. Ich wollte mich so gerne bei Dir bedanken. Aber wie es aussieht, kann ich das im Moment nicht tun. Du hast mich einmal gefunden, vielleicht findest Du mich wieder.

Ich ging ziemlich traurig und enttäuscht nach Hause. Meine Frau sagte nur: „Du bist aber schnell zurück.‟ Ich hatte auch ihr noch nicht das Ergebnis meiner Nachforschungen mitgeteilt. Eigentlich wollte ich es erst der Wolkenfängerin sagen. Ich wollte sie lächeln sehen und ich wollte sie wieder lachen hören. „Stell Dir vor. Die beiden sind weggezogen. Einfach so. Ein Onkel ist wohl krank geworden‟, sagte ich zu meiner Frau. Sie sagte nichts, küsste mich nur auf den Mund und blickte mich gespannt an.

Ich nahm meine Frau in den Arm. Dann gingen wir in unser Wohnzimmer. Meine Frau hatte es schon herbstlich dekoriert mit hübschen orangefarbigen Lampionblumen in einer Vase. Einige rote Rosen standen vor ihrem Lieblingsbild. Es zeigt einen kleinen Hund und ein kleines niedliches Mädchen auf einer Treppe und heißt Harmonie. Das Bild haben wir auf einer Ferienreise in Italien gekauft.

Ich entzündete ein Feuer im Kamin und meine Frau kam mit zwei Gläsern und einer Flasche Pinot. Wir setzten uns vor den Kamin. Ich nahm meine Frau in den Arm und küsste sie sanft auf ihre Nasenspitze. Dann sagte ich ihr, wie sehr ich sie liebe. Da ich ihr das früher sehr selten sagte, lächelt sie mich an. Sie sagt, dass sie weiß, wie sehr ich darüber enttäuscht bin, dass ich der Wolkenfängerin nicht mehr sagen kann, was ich herausgefunden habe.

„Aber ich kann es Dir sagen. Du bist der wichtigste Mensch in meinem Leben. Liebling, wenn wir das Leben, dass wir haben, so annehmen wie es ist, dann geht es uns gut. Der Großvater, der Wolkenfängerin und mein Großvater waren tatsächlich Brüder".

Auf Wiedersehen Wolkenfängerin und Danke.

Herstellung und Verlag
Books on Demand GmbH, Norderstedt
ISBN 978-3-8370-3503-2